KB116858

# 사과에 대한 고집

りんごへの固執

다니카와 슌타로 시와 산문 1952-2015

谷川俊太郎

# 사과에 대한 고집

りんごへの固執

요시카와 나기 옮김 | 신경림 감수

차례

# 시 詩

## 산문 散文

# 시

詩

## 슬픔
かなしみ

《이십억 광년의 고독 二十億光年の孤独》(1952)에서

저 파란 하늘 속 물결 소리 들리는 곳에
뭔가 엄청난 물건을
내가 빠뜨리고 온 것 같다

투명한 과거의 전철역
유실물센터 앞에서
나는 더욱 슬펐다

# 이십억 광년의 고독

二十億光年の孤独

《이십억 광년의 고독 二十億光年の孤独》(1952)에서

인류는 작은 공 위에서
자고 일어나고 또 일도 하면서
가끔 화성에 친구를 갖고 싶어한다

화성인들이 작은 공 위에서
무엇을 하는지 나는 모른다
(어쩌면 네리리 하고 키르르 하고 하라라 하고 있을지도)
하지만 가끔 지구에 친구를 갖고 싶어할 것이다
그것은 확실히 말할 수 있다

만유인력은
끌어당기는 고독의 힘이다

우주는 일그러져 있다
그래서 모두가 서로를 찾는다

우주는 조금씩 팽창하고 있다

그래서 모두가 불안하다

이십억 광년의 고독에
나는 무심코 재채기를 했다

## 네로_사랑받은 작은 개에게

ネロ　愛された小さな犬に

《이십억 광년의 고독 二十億光年の孤独》(1952)에서

네로
곧 다시 여름이 온다
네 혀
네 눈
네가 낮잠 자는 모습이
지금 내 앞에 뚜렷이 살아난다

너는 여름을 단 두 번밖에 알지 못했지만
나는 벌써 열여덟 번의 여름을 안다
그리고 지금 나는 내 여름이나 내 것이 아닌 여름들을 상기하고
　　있다
메종라피트Maisons-Laffitte의 여름
요도淀의 여름
윌리엄스버그Williamsburg 다리의 여름
오랑Oran의 여름
그리고 나는 생각한다
도대체 인간은 지금까지 몇 번의 여름을 알고 왔는지 하고

네로

곧 다시 여름이 온다

그러나 그것은 네가 있던 여름이 아니라

또 다른 여름

전혀 다른 여름이다

새 여름이 오고

나는 새것들을 알게 될 것이다

아름다운 것 추악한 것 나에게 힘이 될 것 날 슬프게 만들 것

그리고 나는 물어볼 것이다

무엇일까

왜일까

어떻게 해야 할까 하고

네로

너는 죽었다

아무도 모르게 혼자 먼 곳에 가서

네 목소리
네 감촉
네 마음까지
지금 내 앞에 뚜렷이 살아난다

그러나 네로
곧 다시 여름이 온다
새롭고 한없이 넓은 여름이 온다
그리고
나는 역시 걸어갈 것이다
새 여름을 가을을 겨울을 맞이하고
봄을 맞이하고 더 새로운 여름을 기대하면서
모든 새것을 알기 위해
그리고
내 모든 질문에 스스로 답하기 위해

# 빌리 더 키드

ビリィ・ザ・キッド

《사랑에 관하여 愛について》(1955)에서

고운 흙이 먼저 내 입술에 그리고 차차 큰 흙덩이가 내 다리
사이에 배 위에. 개미집이 부서져 개미 한 마리가 내리덮은
내 눈꺼풀 위를 잠깐 긴다. 사람들은 이제 울지 않고
삽질하며 상쾌한 땀을 흘리고 있는 모양이다. 내 가슴에는
그 상냥한 눈의 보안관이 뚫은 구멍이 두 개 있다. 내 피는
서슴지 않고 그 두 개 도피로로 빠져나갔다. 그때 비로소
피가 내 것이 아니었음을 확신했다. 피가 그렇게 되면서
내가 조금씩 되돌아가고 있음을 알았다. 내 위에 내 유일한
적수인 건조하고 푸른 하늘이 있다. 나에게서 모든 것을
빼앗아가는 것. 내가 달려도 쏴도 심지어는 사랑해도 내
것을 빼앗기만 해온 그 푸른 하늘이 마지막에 단 한 번
빼앗지 못할 때. 그게 내가 죽을 때다. 이제 나는 빼앗기지
않는다. 나는 비로소 푸른 하늘을 두려워하지 않게 되었다.
그 침묵도 그 끝없는 푸르름도 무섭지 않다. 나는 지금
땅에 빼앗기고 있으니까. 나는 돌아갈 수 있다. 더는 푸른
하늘의 손이 닿지 않는 곳으로 내가 싸우지 않아도 되는
곳으로. 이제 내 목소리는 응할 수 있다. 이제 내 총소리는

내 귀에 남는다. 내가 듣지도 쏘지도 못하게 된 지금.

나는 죽이는 것으로 사람을 그리고 나 자신을 확인하려고 했다. 내 젊은 증명법은 붉은 피로 장식되었다. 그러나 남의 피로 푸른 하늘을 온통 칠할 수는 없었다. 나는 내 피를 원했고 오늘 그것을 얻었다. 나는 내 피가 푸른 하늘을 어둡게 하고 마지막에는 땅으로 돌아가는 것을 확인했다. 그리고 이제 푸른 하늘을 보지 않는다. 기억하지도 않는다. 나는 내 땅의 냄새를 맡고 내가 땅이 되는 것을 기다린다. 내 위를 바람이 흘러간다. 나는 더는 바람을 부러워하지 않을 것이다. 곧 내가 바람이 되니까. 곧 나는 푸른 하늘을 모르면서 푸른 하늘 속에 살 것이다. 나는 별이 된다. 모든 밤을 알고 모든 한낮을 알고 그러면서도 계속 떠도는 별이 된다.

## 포임 아이poem eye

ポエムアイ

《21》(1962)에서

나는 아내의 동그란 배 표면에 시를 문질러 바르고 아내를 감초
　냄새 나는 시로 닦았다. 그랬더니 어찌된 일인지 아내는
　극도로 말라버렸다. 하지만 그 덕택에 그녀는 아주 잘
　다듬어진 시의 한 줄처럼 아름다워졌다. 아내는 나더러
　자꾸 무엇인가를 호소했지만 그녀의 입은 내가 쑤셔넣은
　짚과 물로 가득 채워져 있어서 나에게는 의미 없는
　신음소리 밖에 들리지 않았다.
그런데 양초 같이 하얀 아내의 나체를 보면서 나는 돌연
　내 눈이 변화했음을 알았다. 내 눈동자는 죽은 사람의
　그것처럼 커지고 수정체는 끝없이 먼 곳으로 초점을
　맞추었다. 순간 나는 터득했다. 모든 것을 시의 시선으로
　바라보는 것, 포임 아이! 이제 시를 문질러 바를 필요는
　어디에도 없었다. 아내는 금방 살이 찌기 시작하고
　피부색이 상어처럼 거무스름해졌다. 하지만 그게 다
　무엇이냐. 나는 밤마다 아내를 껴안고 아내는 잇달아
　아기를 낳았다. 나는 그들을 모조리 백양나무에 매어놓고
　채찍질하면서 열심히 온갖 곡예를 가르쳤다.

포임 아이! 사랑과 상냥함, 우스운 의무! 이래서 나는 세계의 수수께끼 놀이에 참가하게 되었다.

# 오늘의 애드리브

今日のアドリブ

《21》(1962)에서

**넬리** ネリー

나는 애를 뱄어. 유리창 곁에 앉고. 나는 애를 뱄어. 나는 노랗고 하얗고 갈색의 여자. 나는 애를 뱄어. 내 영혼은 젖가슴 모양으로 너희 남자의 혀 위에 늘어져 있어. 벌써 6시. 기도하기에는 너무 늦었어. 유리창에 빗물이 흐르고 화분에 제라늄 꽃이 펴. 어디서 수술이 시작돼서 메스 부딪치는 소리가 들려. 어서 들어와. 내 방에. 와서 신음해봐. 남자 목소리로. 지하수 같은 남자의 베이스로 신음해보라고. 마음은 오래전에 기하학을 버렸어. 언어는 오래전에 시를 버렸어. 그래도 남자가 가만히 있어서는 안 돼. 신음해. 내가 듣고 있어. 왜냐하면 나는 애를 뱄으니까. 너를 뱄으니까. 내 배꼽이 커져서 숨을 천천히 들이마시고 있어. 괜찮아. 어서 신음해. 어서.

# 도바 1

鳥羽 1

《나그네길 旅》(1968)에서

쓸 게 아무것도 없다
내 육체는 햇볕을 쬐고 있다
내 아내는 아름답고
아이들은 건강하다

사실을 말해줄까?
시인인 척하지만
나는 시인이 아니다

나는 만들어져서 여기에 방치되어 있다
바위 사이에, 이봐, 해가 그렇게 져서
바다는 오히려 어둡다
이 한낮의 고요 이외에
네게 알리고 싶은 것도 없다
설령 네가 그 나라에서 피를 흘리고 있어도
아아 이 변함이 없는 눈부심!

# 도바 3

鳥羽 3

《나그네길 旅》(1968)에서

섶나무 가지를 줍는 노파가 보는 것은 모래
호텔 창 너머 내가 보는 것은 수평선
굶주리면서 살아온 사람이여
나를 고문하라

나는 항상 배불리 먹으면서 살아왔고
지금도 트림을 한다
나는 하다못해 증오할 만하고 싶다

노파여 내 말이 당신에게 다 무엇인가
이제 아무런 죄값음도 하지 않겠다
내 목을 조르는 것은 당신 손에 있는
당신이 보지 못하는 수평선이다

클레멘티의 소나티네가 희미하게 들린다
아무도 나에게 말을 걸지 않는다
어쩌면 이토록 편안한가

# 이것이 제 상냥함입니다

これが私の優しさです

《다니카와 슌타로 시집 谷川俊太郎詩集》(1968)에서

창밖의 새잎에 대해 생각해도 돼요?
그 배경에 있는 푸른 하늘에 대해 생각해도?
영원과 허무에 대해 생각해도 될까요?
당신이 죽어가고 있을 때

당신이 죽어가고 있을 때
당신에 대해 생각하지 않아도 돼요?
당신과 멀리멀리 떨어져
살아 있는 애인에 대해 생각해도?

그게 당신에 대한 생각으로 이어진다
그렇게 믿어도 돼요?
그렇게 강해져도 될까요?
당신 덕분에

# 아침 릴레이

朝のリレー

《기도하지 않아도 되는가 祈らなくていいのか》(1968)에서

캄차카의 젊은이가
꿈에 기린을 보고 있을 때
멕시코 아가씨는
아침 안개 속에서 버스를 기다린다
뉴욕에서 잠든 소녀가
미소지으며 몸을 뒤칠 때
로마의 소년은
기둥머리를 물들이는 아침 해에 윙크한다
이 지구에서는
늘 어디선가 아침이 시작되고 있다

우리는 아침을 릴레이한다
경도經度에서 경도로
교대로 지구를 지키는 것이다
잠들기 전 잠시 귀를 기울여보면
멀리서 우는 자명종 소리
그것은 당신이 보낸 아침을

# 누군가 단단히 받았다는 증거다

# 살다

生きる

《고개를 숙이는 청년 うつむく青年》(1971)에서

산다는 것
지금 산다는 것
그것은 목이 마른다는 것
나뭇잎 사이로 새어드는 햇빛이 눈부시다는 것
문득 어떤 멜로디가 떠오르는 것
재채기를 하는 것
그대와 손을 맞잡는 것

산다는 것
지금 산다는 것
그것은 짧은 치마
그것은 플라네타륨
그것은 요한 슈트라우스
그것은 피카소
그것은 알프스
모든 아름다운 것들을 만난다는 것
그리고

감추어진 악을 조심스럽게 거부하는 것

산다는 것
지금 산다는 것
울 수 있다는 것
웃을 수 있다는 것
화낼 수 있다는 것
자유라는 것

산다는 것
지금 산다는 것
지금 멀리서 개가 짖는다는 것
지금 지구가 돈다는 것
지금 어디선가 갓난아기의 첫 울음소리가 들린다는 것
지금 어디선가 병사가 다친다는 것
지금 그네가 흔들리고 있다는 것
지금 지금이 지나가고 있는 것

산다는 것
지금 산다는 것
새는 날개를 친다는 것
바다는 울린다는 것
달팽이는 기어간다는 것
사람은 사랑한다는 것
그대 손의 따스함
목숨이라는 것

# 오찬午餐

午の食事

《다니카와 슌타로 시집 谷川俊太郎詩集》(1972)에서

그리고 구름 많은 하늘 아래에도 다시 그 즐거운 점심이
돌아온다. 불행을 견디고 불안을 견디면서 많은 가정이
다시 그 즐거운 점심식사를 한다. 그것은 어떤 경우에도
가련하게 즐거운 점심이다. 이혼하는 날의, 태어나는
날의, 졸업하는 날의, 그리고 죽는 날의 낮의 식사다.
멸망할 거라고 알면서 우리가 가련하게 즐기는 시간이다.
어디선가 낮의 왈츠가 들려온다. 흰 빨래가 바람에
나부끼는, 그것은 가련하게 즐거운 시간이다.

할아버지도 어머니도 여동생도 그리고 잃어진 사람이나
잃어질 시간도 다 함께 점심식사를 한다. 나비가 난다,
폭격기가 난다, 어떤 가로수 길을 걸었는지. 냉정하게
일하는 것만을 좋아하는 사람도, 병을 앓아 성운星雲
생각만 하는 사람도 점심식사에 참석한다. 그리고
나도 함께 식탁에 앉으면서 생각한다. 그것은 확실히
점심이라고. 가련하게 즐거운 대낮의 식사라고.

# 헛들림_Vietnam 1969

空耳 Vietnam 1969

《다니카와 슌타로 시집 谷川俊太郎詩集》(1972)에서

닫힌 문이 열리는 소리를 똑똑히 들었다
웃는 아이의 울음소리를 들었다
그후 온통 조용해졌다
총소리는 들리지 않았다

*

풀과 풀이 부딪치는 것은
바람 때문인지 아니면 사람이 기고 있기 때문인지
강물이 천천히 늘어난다
작은 새의 날카로운 지저귐

*

새끼줄이 팽팽히 당겨졌다
굳게 입 다문 사람의 두근거림
한 나라 말과 다른 나라 말의
결코 섞이지 못하는 속삭임

*

침묵 따위 있을 리가 없다
귀를 막아도

침묵 따위 있을 리가 없다!
황야의 한복판에도

*

하지만 오늘 새벽녘
아름다운 선율 끝의 무명의 죽음은
더는 아무런 소리도 내지 않는다

# 아버지는

父親は

《하늘에서 작은 새가 없어진 날 空に小鳥がいなくなった日》(1974)에서

죽고 싶을 때가 있었다
너와 함께
나는 죽고 싶을 때가 있었다
왜 그러는지
영문도 모르면서

태어난 순간부터
너는 내 것이 아니었는데
너를 동반할 어떤 권리도
나에게는 없었는데
나는 불행하지도 않았는데

아버지는 그렇게 어리석고 그렇게 혼란스럽고
그렇게 방자하고 그렇게 유약하다
내가 강해지는 것은 어린 네가
나를 완전히 믿어주기 때문이다
네가 늘 나를 큰 소리로 부르기 때문이다

# 잔디밭

芝生

《한밤중에 부엌에서 나는 너에게 말을 걸고 싶었다
夜中に台所でぼくはきみに話しかけたかった》(1975)에서

그리고 나는 언젠가
어디선가에서 와
느닷없이 이 잔디밭에 서 있었다
해야 할 것은 다
내 세포가 기억하고 있었다
그래서 나는 인간의 모습으로
행복에 대해서까지 논한 것이다

# 사과에 대한 고집

りんごへの固執

《정의 定義》(1975)에서

빨강이라고 말할 수는 없다, 색이 아니라 사과다. 동그라미라고 말할 수는 없다, 모양이 아니라 사과다. 신맛이라고 말할 수는 없다, 맛이 아니라 사과다. 비싼 가격이라고 말할 수는 없다, 값이 아니라 사과다. 아름다움이라고 말할 수는 없다, 미가 아니라 사과다. 분류할 수는 없다, 식물이 아니라, 사과니까.

꽃피는 사과다. 열리는 사과, 가지 위에서 바람에 흔들리는 사과다. 비를 맞는 사과, 쪼아먹히는 사과, 잡아떼이는 사과, 땅에 떨어지는 사과다. 썩는 사과다. 씨앗의 사과, 싹트는 사과. 사과라 부를 필요도 없는 사과다. 사과가 아니어도 되는 사과, 사과이어도 되는 사과, 사과이어도 사과가 아니어도 상관없이 단 하나의 사과는 모든 사과.

홍옥이다, 국광이다, 오린이다, 이와이다, 기사키가케다, 베니사키가케다•, 한 개의 사과다, 세 개의 다섯 개의 한 다스의 7킬로그램의 12톤의 사과, 200만 톤의 사과다. 생산되는 사과, 운반되는 사과다. 계량되고 포장되고 거래되는 사과. 소독되는 사과다, 소화되는 사과다,

소비되는 사과다, 소멸되는 사과입니다. 사과인 거야!

사과인가?

그것, 거기 있는 그것, 그 그것이다. 거기의 그것, 바구니 속의 그것. 식탁에서 떨어지는 그것, 캔버스에 그려지는 그것, 오븐으로 구워지는 그것이다. 아이는 그것을 손에 잡고 그것을 베어먹는, 그 그것이다. 아무리 많이 먹어도 아무리 썩어도 잇따라 가지가지에 열려 반짝이면서 얼마든지 가게에 넘치는 그것. 무엇의 레플리카? 어느 시대의 레플리카?

대답할 수는 없다, 사과다. 물어볼 수는 없다, 사과다. 말할 수는 없다, 결국 사과 이외의 아무것도 아니다, 여전히……

● 홍옥, 국광, 오린, 이와이, 기사키가케, 베니사키가케 모두 사과의 품종.

## (어디) 2_교합

(何処) 2 交合

《코카콜라 레슨コカコーラ・レッスン》(1980)에서

침엽수와의 교합은 몇 번 경험해봤지만 양치식물과의 교합은 처음이었다. 이름은 모른다. 알고 싶지도 않다. 습한 땅 위에서 희미한 바람을 받아 고개를 흔드는 모습을 봤을 때 나는 언어를 가지지 않는 생물에게도 어떤 자기표현이 있음을 깨달았다. 우리 같은 마음은 없겠지만 그렇게까지 뚜렷한 모습으로 거기에 존재한다는 사실 자체가 곧 양치의 '자기자신'이 아닐까. 다른 어떤 식물이나 동물과도 형태가 달라, 양치는 더없이 외로워 보였다. 나는 그 잎을 만지지 않을 수 없었다.

그 감촉은 나에게 아무런 연상도 일으키지 않았다. 잎을 만져봐도 나에게는 어떤 묘사도 허용되지 않는다. 그때 나는 그것 이외에는 무엇도 하지 않았으며, 내 기관이 내가 아닌 다른 개체의 기관과 접촉하고 있다는 의식 이외에 아무 생각도 떠오르지 않았다. 편안함이라고 밖에 말할 수 없는 분명한 감각이 손끝에서 전해졌다. 그 감각을 잃고 싶지 않았다. 나는 양치 잎에 손가락을 댄 채 위를 향해 땅에 누웠다. 그 일대에 두껍게 깔려 있는 낙엽과 그것에 닿은 내 옷을 통해 토양의 온기와 습기가 내 엉덩이 피부에 전해졌다. 순간 손끝의 감각이 거기에 머물지 않고 내 몸 깊은 곳으로 흐르기 시작했다. 그 흐름은 손끝에서 어깨를 거쳐 목구멍에 닿은 후 척수를 따라 아랫배로 가고 거기서 소용돌이치듯 고였다가 엉덩이 피부를 통해 땅으로 빠져나갔다.

그후 양치는 그 흐름을 자신의 뿌리로 빨아올려 잎끝에서 내 손가락으로 돌려주었다. 양치와 나 사이에 하나의 회로가 형성된 것이다. 감각의 흐름은 원을 이루고 정지하는 것 같으면서도 차츰 빨라지고 있었다. 그 가속을 촉진시키는 원동력이, 나의 그리고 양치의 욕망이라고 할 만한 것이었음을 나는 의심하지 않았다. 내 몸속에 있는 내가 아닌 존재가 '더, 더' 하고 소리 없이 외쳤다. 나는 양치 잎에 손가락을 댄 채 어색하게 초조해서 아랫도리를 벗었다. 벌거벗은 엉덩이가 낙엽에 닿자마자 양치와 나를 연결하는 감각의 흐름은 어지러울 만큼 속도를 올렸다. 이제 손가락을 대는 것만으로는 만족하지 못했다. 나는 윗도리를 걷어붙이고 엎드려서 벌거벗은 가슴으로 양치 위를 덮쳤다.

시간이 얼마나 지났을까. 어질어질한 감각의 흐름은 없었다. 몸을 일으키니 아랫배에 낙엽이 찰싹 들러붙었다. 내 양치가 내 몸 바탕에 뭉개져 초록이 그전보다 훨씬 진하고 또 탁했다. 잎 가장자리의 톱니는 무디어지고 안쪽으로 말리기 시작했다. 똑같은 생명체인데도 우리는 다른 종인 것이다. 가슴 피부에 불쾌한 가려움증이 퍼졌다.

# 방귀 노래

おならうた

《어린이 노래 わらべうた》(1981)에서

고구마 먹고 푸
밤 먹고 포
안 그런 척 헤
미안해요 파

목욕하며 뽀
남 몰래 스
당황해서 뿌
둘이 같이 뿡

# 평범한 남자

ふつうのおとこ

《(속)어린이 노래わらべうた 続 》(1982)에서

평범한 남자가 있었대
평범한 얼굴에 평범한 팔다리
평범한 바지에 평범한 재킷

평범한 비 내리는 평범한 밤에
평범한 샘이 평범하게 나서
평범한 눈물 평범하게 흘리고

평범한 남자는 평범한 줄을
평범한 여자의 평범한 목에다
평범하게 감고 평범하게 졸랐다

# 12월 15일

十二月十五日

《시의 일력 詩めくり》(1984)에서

나는 이날에 나타난 것으로 되어 있다고

호적과의 요다依田 씨가 말합니다

고마워요, 요다 씨

축하해요, 나

누군가 뭔가 줘

# 민들레꽃이 필 때마다

たんぽぽのはなの さくたびに

《부질없는 노래よしなしうた》(1985)에서

아이는 하얀 문짝을 연다
너무 무서운 일을
마음속으로 생각하지만
아무에게도 이야기하지 않는다
아이는 떨어진 공을 줍는다
팔의 솜털에 안개의 물방울이
무디게 반짝인다
한 번만 단 한 번만
그것으로 족하다고 아이는 생각한다
하지만 한 번으로 끝나겠는가
민들레꽃이 필 때마다
아이는 강가에서 꿈꾼다
그것을 실제로 저지른 뒤의
돌이킬 수 없는 슬픔을

# 해질녘

ゆうぐれ

《부질없는 노래よしなしうた》(1985)에서

해질녘에 집에 갔더니
현관에 아버지가 죽어 있었다
별일이 다 있네, 하고
아버지를 넘어 안으로 들어가봤더니
부엌에 어머니가 죽어 있었다
가스레인지 불이 켜져 있길래
불을 끄고 스튜의 맛을 보았다
이런 식이면
형도 죽었을 거야
아니나 다를까
욕실에 형이 죽어 있었다
이웃집 아이가 거짓으로 울고 있다
국수 배달 오토바이의 브레이크가 끽끽거린다
평상시와 다름없는 해질녘이다
내일이 아무 소용 없는 것 같은

# 안녕히 계세요

さようなら

《벌거숭이 はだか》(1988)에서

나 이제 가야 해요
곧 가야 해요
어디로 가는지 모르지만
벚꽃나무 가로수 밑을 지나
큰길 신호를 건너
항상 바라보던 산을 목표 삼아
홀로 가야 해요
왜 그래야 되는지 모르지만
어머니 미안해요
아버지한테 잘해주세요
나 가리지 않고 뭐든 잘 먹을 거예요
책도 지금보다 많이 읽을 것 같아요
밤이 되면 별을 바라보고
낮에는 사람들과 이야기할 거예요
그리고 꼭 내가 가장 좋아하는 것을 찾을 거예요
찾으면 죽을 때까지 소중히 하면서 살게요
그래서 멀리 있어도 외롭지 않아요

# 나 이제 가야 해요

# 당신이 거기에

あなたはそこに

《영혼의 가장 맛있는 부분 魂のいちばんおいしいところ》(1990)에서

당신이 거기에 있었다 지루한 듯이
오른손에 담배 왼손에 화이트와인이 담긴 글라스를 들고
방에는 사람이 삼백 명이나 있었는데
지구에는 오십억 명이나 있는데
거기에 당신이 있었다 혼자서
그날 그 순간 내 눈 앞에

당신의 이름을 알고 직업을 알고
그리고 무 요리를 좋아하는 것을 알고
이차방정식을 풀지 못하는 것을 알고
내가 당신을 사랑하고 당신이 그것을 웃어넘기고
같이 노래방에 가고
우리는 그런 식으로 친구가 되었다

당신은 나에게 푸념을 늘어놓아주었다
내 자랑을 들어주었다 세월이 가고
당신은 내 딸 생일에 오르골을 보내주고

나는 당신의 남편이 키핑한 위스키를 마시고
내 아내는 늘 당신에게 질투했다
우리는 친구였다

진정한 만남에 헤어짐은 없다
당신은 여전히 거기에 있어
눈을 크게 뜨고 나를 보면서 나에게 되풀이해서 말을 건다
당신과의 추억이 나를 살린다
너무 이른 당신의 죽음조차 나를 살린다
처음 당신을 본 날부터 긴 시간이 흐른 지금도

# 영혼의 가장 맛있는 부분

魂のいちばんおいしいところ

《영혼의 가장 맛있는 부분 魂のいちばんおいしいところ》(1990)에서

하느님이 땅과 물과 햇빛을 주고
땅과 물과 햇빛이 사과나무를 주고
사과나무가 빨갛게 익은 열매를 주고
그 사과를 당신이 나에게 주었다
부드러운 두 손으로 감싸서
마치 세계의 기원 같은
아침 햇살과 함께

한마디 말도 없었지만
당신은 나에게 오늘을 주고
잃어지지 않을 시간을 주고
사과를 가꾼 사람들의 웃음과 노래를 주었다
어쩌면 슬픔까지도
우리 위에 펼쳐진 푸른 하늘에 숨은
그 정체 없는 것을 거슬러서

당신은 그런 식으로 자기도 모르는 사이에

당신 영혼의 가장 맛있는 부분을

나에게 주었다

# 11월의 노래

十一月のうた

《영혼의 가장 맛있는 부분 魂のいちばんおいしいところ》(1990)에서

사랑하니까
사랑한다는 말을 못 해요
봐주세요
나의 어색한 침묵을
나는 당신을 둘러싸는 공기가 되고 싶어요
당신 살갗에 맺히는 이슬이 되고 싶어요

눈길만 줘도
작은 새는 날아가버리지요
한마디의 속삭임으로
날이 밝아버릴 것 같아요
한 방울의 눈물로
사랑이 엉겨버리지 않을까요

나는 꼼짝 못 해요
당신과 함께하는 이 밤이
너무나 완벽해서

……

……

《여자에게 女に》(1991)에서

모래가 피를 빨아들이는 대로 내맡겨두고
죽어가는 병사들이 있는데도
우리는 여기서 이렇게 서로 끌어안는다
설령 지금 눈부신 빛에 타들어가
순식간에 백골이 되어도 후회는 없다
정의正義에서 이렇게 먼 곳에서 우리는 사랑을 한다

# 탄생

誕生

《시를 선물한다는 것은 詩を贈ろうとすることは》(1991)에서

머리가 막 나오기 시작했을 때 아기가 묻는다
"아버지, 생명보험은 얼마짜리 들었어?"
나는 황급히 대답한다 "사망 시 삼천만 엔인데"
그랬더니 아기가 말한다
"역시 태어나지 말아야겠다"
아내가 배에 힘을 주면서 외친다
"그래도 네 방에 텔레비전도 있어!"
아기는 대답을 안 한다
내가 간살스럽게 말한다
"디즈니랜드에 데려가줄게"
아기가 점잔을 빼며 나를 올려다보고
"세계의 인구증가율은?"
그런 걸 어떻게 알아
아기가 머리를 움츠리기 시작한다
아내가 외친다 "입덧은 이제 질색이야!"
나는 작은 소리로 위협한다
"안 나오면 엉덩이를 때려줄 거야!"

아기가 드디어 응애 하고 울었다

# 장딴지

ふくらはぎ

《시를 선물한다는 것은 詩を贈ろうとすることは》(1991)에서

내가 그저께 죽었기 때문에
친구들이 검은 옷을 입고 모였다
놀랍게도 내가 생전에 전화받기도 싫었던 그놈이
새하얀 벤츠를 타고 와
엉엉 소리내어 울고 있다

내가 그저께 죽었는데도
세계는 망할 기미조차 없다
중의 가사가 겨울 햇살에 반짝이며
이웃집 초등학교 5학년 녀석은 내 PC로 놀고 있다
어, 선향 냄새가 이렇게 좋았나

나는 그저께 죽었으니
이제 오늘은 아무런 의미도 없다
덕택에 의미가 아닌 것을 잘 알 것 같다
좀 더 집요하게 만질걸
그 사람의 장딴지를

# 웃다

わらう

《어린아이의 초상 子どもの肖像》(1993)에서

먼 옛날의 이맘때
나는 아직 없었고
엉겅퀴 잎에 가려진
빛의 알이었어요
그래도 보고 있었어요
어머니의 눈물을
나는 알고 있었어요
나도 언젠가
어머니처럼 울 것을
말을 아무리 많이 배워도
슬픔이 가시지 않아요
그래서 나는 지금 여기서
어머니를 보고 웃는 거예요

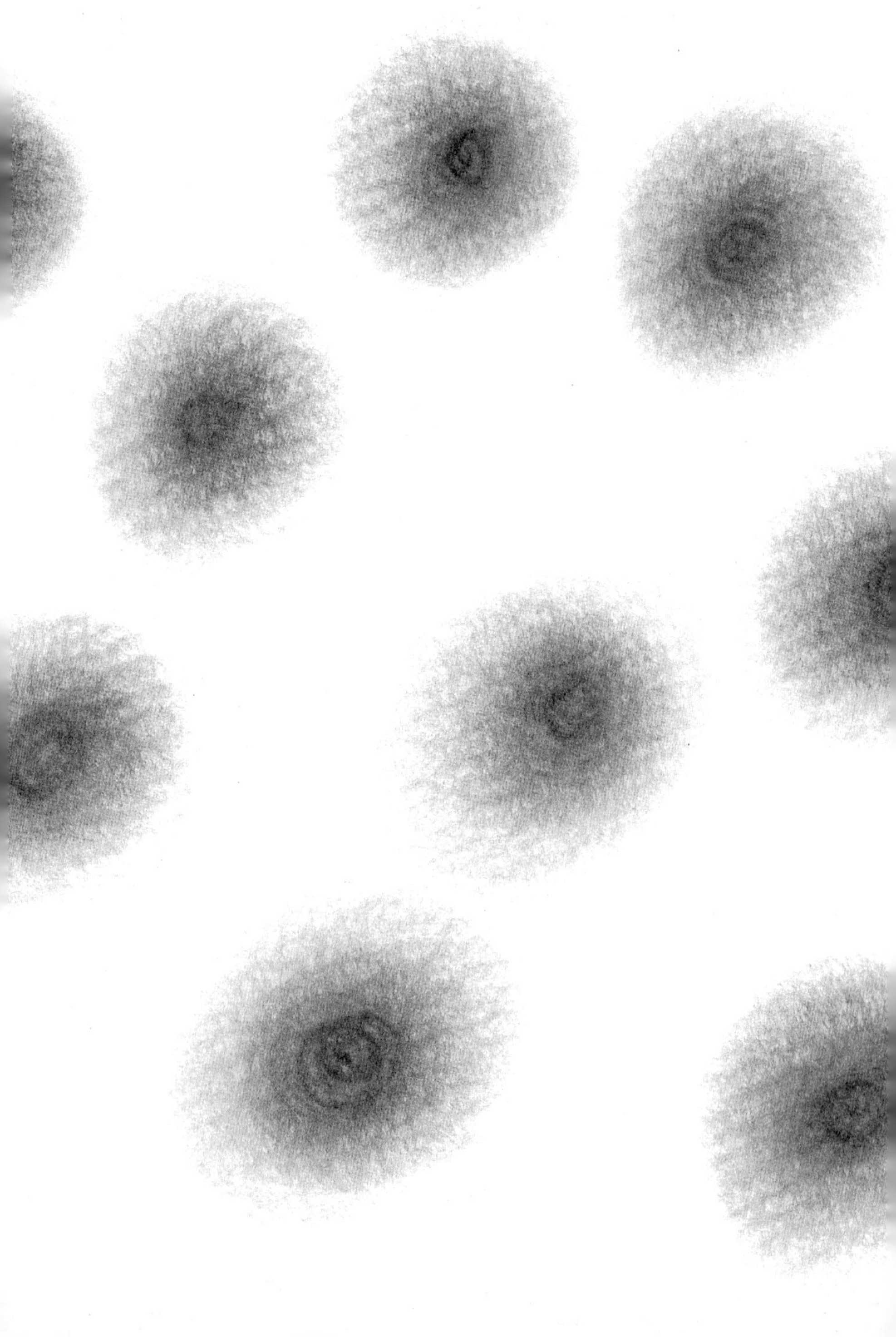

# 울 거야

なくぞ

《어린아이의 초상 子どもの肖像》(1993)에서

울 거야

나 울 거야

지금은 웃어도

싫은 일이 있으면 금방 울 거야

내가 울면

천둥소리도 안 들려

내가 울면

일본열도가 눈물에 잠길 거야

내가 울면

하느님도 울고 말 거야

울 거야

금방 울 거야

울어서 우주를 날려보낼 거야

# 지구의 손님

地球の客

《새하얗게 있는 것보다 真っ白でいるよりも》(1995)에서

버릇없는 아이처럼
인사도 제대로 안 하고
푸른 하늘의 문짝을 열어
대지의 사랑방에 들어왔다

우리는 풀의 손님
나무들의 손님
새들의 손님
물의 손님

차려준 음식을
자랑스러운 얼굴로
맛있게 먹고
경치를 예찬하고

언제부턴가
주인이 된 것 같은 태도

문명이란
얼마나 무례한가

그러나 이제 떠나기에는
너무 늦었다
죽음은 기르는 법이니까
새로운 생명을

우리가 죽은 후의 아침
그 아침의
새들의 노래
파도 소리
먼 노랫소리
산들거리는 바람 소리
들리느냐
지금 이 순간

# 해골

がいこつ

《다 부드럽다 みんなやわらかい》(1999)에서

내가 죽으면 해골이 되고 싶어
해골이 돼서 요코와 함께 놀고 싶어
그네를 타면 바람이 솔솔 새어들어서
상쾌하겠지
요코가 무서워할지 모르지만
나는 손을 잡고 싶어

눈도 귀도 텅 비어 있는데
나는 뭐든 볼 수 있고 들을 수 있어
해골이 되어도 옛날 일은 잊지 않아
슬픈 일 우스운 일
나는 달각달각 뼈 소리 내면서 웃을 거야

모두가 날 쳐다보겠지
괴롭히겠지
내가 죽어서
해골이 되었으니

그래도 괜찮아
나는 해골의 마음을 요코에게 알려줄 거야
그전에는 몰랐던 마음을
이제 배도 곯지 않고
죽는 것도 무섭지 않으니
나는 언제까지나 요코와 함께 놀 거야

# 현세에서의 마지막 한 걸음

現世での最後の一歩　letzter Erdenschritt 1939

《클레Klee의 천사 クレーの天使》(2000)에서

굶주리고
목마르고
죽어가면서

누워 있는 여자 하나
내리쬐는 태양 아래
가이 없이 이어지는 모래톱 위

그 곁에
아름다운 생명체
일찍이 천사였던 것

깃털이 빠지고
상냥한 마음을 탕진하고
눈만 휘둥그렇게 떠서

굶주리고

목마르고

죽어가면서

인간의 죄 탓에 헐떡이고 있다

# 밤의 미키마우스

夜のミッキー・マウス

《밤의 미키마우스 夜のミッキー・マウス》(2003)에서

밤의 미키마우스는
낮보다 난해하다
오히려 망설이면서 토스트를 갉아먹고
지하 수로를 산책한다

그러나 언젠가
그도 이 세상이 보여주는
밝은 미소를 벗어나
진실한 쥐로 돌아갈 것이다

그것이 괴로운 일인지
기쁜 일인지
알 길이 없다
그는 마지못해 출발한다

이상적인 에덤치즈의 환영에 현혹되면서
4가에서 남쪽 큰 거리로

그리고 호찌민 시의 골목으로
자손을 퍼뜨리면서 걸어가

마지막에는 불사의 이미지를 획득한다
그 원형은 벌써
동서고금의 고양이 망막에
3D로 압축 기록되어 있었지만

# 부탁

願い

《샤갈과 나뭇잎 シャガールと木の葉》(2005)에서

함께 떨려주세요
내가 고열로 떨릴 때
내 열을 숫자로 바꾸지 말고
흠뻑 땀에 젖은 내 피부에
당신의 마르고 시원한 피부를 주세요

알려고 하지 마세요
내가 헛소리할 때
의미 따위 찾지 말고
밤새 내 곁에 있어주세요
내가 당신을 냅다 밀쳐도

내 아픔은 나만의 것
당신에게 나눠줄 수 없어요
온 세계가 한 자루의 송곳 이외의 아무것도 아닐 때
하다못해 눈을 감고 견뎌주세요
당신도 내 적이 아닐 수 없다는 사실을

당신을 몽땅 나에게 주세요
머리만은 싫어요 마음만도요
당신의 등에 나를 업고
손으로 더듬으며 헤매주었으면 좋겠어요
황천의 샘 주변을

# 책

ほん

《좋아해 すき》(2006)에서

솔직히 말해서
책은 흰 종이로 있는 게 좋았다
더 솔직히 말하면
푸른 잎이 우거진 나무로 있고 싶었다

그러나 벌써 책이 되고 말았으니
옛날의 일을 잊어버리려고
책은 자신을 읽어보았다
'솔직히 흰 종이로 있는 게 좋았다'고
검은색 활자로 쓰여 있다

나쁘지 않다고 책은 생각했다
내 마음을 모두가 읽어준다
책은 책으로 있다는 게
조금 기뻤다

## 자기소개

自己紹介

《나 私》(2007)에서

저는 키 작은 대머리 노인입니다
벌써 반세기 이상
명사 동사 조사 형용사 물음표 등
말들에 시달리면서 살았기 때문에
가만히 있는 것을 좋아하는 편입니다

저는 공구 같은 게 싫지 않습니다
또 작은 것도 포함해서 나무를 무척 좋아하는데
그것들의 명칭을 외우는 일은 서투릅니다
저는 지나간 날짜에 별로 관심이 없으며
권위에 대해서 반감을 가지고 있습니다

사팔뜨기고 난시고 노안입니다
집에는 불단佛壇도 신위神位도 없지만
방 안에 직결되는 커다란 우편함이 있습니다
저에게 수면은 일종의 쾌락입니다
꿈을 꾸어도 눈만 뜨면 잊어버립니다

여기에 쓴 것은 다 사실인데
이런 식으로 말로 표현하니 왠지 수상하네요
따로 사는 자식 두 명 손자손녀 네 명 개나 고양이는 없습니다
여름은 거의 티셔츠 차림으로 지냅니다
제가 쓰는 말은 값이 매겨질 때가 있습니다

# 안녕

さようなら

《나 私》(2007)에서

내 간장이여 안녕
신장 췌장도 이제 이별이다
나는 지금 죽을 건데
곁에 아무도 없으니
너희에게 인사한다

오랫동안 나를 위해 일해주었지만
너희는 이제 자유다
어디든 떠나라
너희와 헤어지면 나도 완전 가뿐해진다
영혼만 남은 맨 얼굴이다

심장이여 조마조마 두근두근 성가시게 했다
뇌수여 부질없는 일을 생각하게 했다
눈 귀 입도 고추도 고생 많이 시켰다
모두 나쁘게 생각하지 마
나는 너희 덕택에 살았던 거니까

그렇지만 너희 없는 미래는 밝다
이제 나는 나에게 미련이 없으니
서슴지 않고 나를 잊어
흙에 녹고 하늘로 사라져
말없는 것들과 한패가 될 것이다

# 어머니를 만나다 _ 소년 4

母に会う　少年 4

《나 私》(2007)에서

나는 혼자서 옛날에 갔다
옛날 흐린 하늘에 나비가 훨훨 날고 있다
그것을 보는 여자아이가 있다
홀로 오도카니 풀밭에 앉아

쓸쓸하다는 감정은 언제 어디서 태어났을까
말없는 여자아이 옆에 앉아
나는 흘레붙는 나비를 본다
이 아이가 내 어머니인지도 모르겠다

아직 아무도 걸어본 적 없는 길이
지평 끝으로 사라진다
희미한 현악 소리만이
나를 이승과 이어주고 있다

먼 미래가 옛날이 되는 날에도
나는 꼭 이곳에 있다

사랑하는 것을 배우고

죽는 것조차 기쁨을 느끼면서

# 나 태어났어요

生まれたよ ぼく

《어린이들의 유언子どもたちの遺言》(2009)에서

나 태어났어요
드디어 여기 왔어요
눈은 아직 안 보이고
귀도 들리지 않지만
난 알아요
여기가 얼마나 좋은 곳인지
그러니까 방해하지 마세요
내가 웃는 것을 내가 우는 것을
내가 누군가를 사랑하게 되는 것을
내가 행복해지는 것을

언젠가 내가
여기를 떠날 때를 생각해서
나는 지금 유언을 남길게요
산은 언제까지나 높았으면 좋겠어요
바다는 언제까지나 깊었으면 좋겠어요
하늘은 언제까지나 푸르고 맑았으면 좋겠어요

그리고 사람은 여기 왔던 날의 일을
잊지 말았으면 좋겠어요

# 임사선

臨死船

《트롬쇠 콜라주トロムソコラージュ》(2009)에서

모르는 사이에 저승행 연락선을 타고 있었다
제법 붐빈다
늙은이가 많지만 젊은 사람도 있다
놀랍게도 아기의 모습도 드문드문 눈에 띈다
혼자 있는 사람이 대부분이지만
겁에 질린 것처럼 서로 붙어 있는 남녀도 있다

저승에 가는 것은 쉬운 일이 아니라고 들었는데
이대로 이 배 위에서 흔들리고 있기만 하면 된다니 더없이
　　편하다
하고 생각했으나 왠지 허전하다
정말 그렇게 생각했는지 잘 모른다
죽었기 때문인지 아니면
마음이란 원래 그런 것이었는지

문득 위를 올려다봤더니 여기에도 하늘이 있었다
해가 지기 시작한 초가을 늦은 오후의 빛이다

바랜 청색을 아련한 주황색이 베일처럼 덮고 있다
깰 것 같으면서도 깨지 않는 꿈같다
배는 낮고 고풍스러운 기관음을 내며 달린다
저승이 아직 멀었나

옆에서 노인이 혼잣말처럼 중얼거린다
“이게 저승과의 사이에 있는 강인가요?
생각보다 훨씬 크네요. 바다 같군”
하긴 건너편 강기슭이 안 보인다
그런데 수평선도 안 보이는 것은
하늘과 물이 한 장의 천처럼 이어져 있기 때문이다

어, 어디선지 목소리가 들린다
“여보, 여보!” 한다
울고 있는 모양이다
귀에 익은 소리다 싶더니 마누라 목소리였다
이상하게 요염해서

안고 싶어졌다 몸은 이제 없을 텐데

두리번거려서 마누라를 찾았다
바로 옆에 있었지만 모습이 귀신처럼 희미하다
손을 잡아봐도 아무런 느낌이 없다
대신 그녀의 마음은 손바닥을 보듯 환히 알겠다
진심으로 슬퍼하는 것은 좋은데
생명보험이라는 타산이 작용하는 게 마음에 걸린다

마누라 울음소리를 들어도 죽었다는 실감이 없고
살아 있었을 때의 연장 같다
하긴 생전에도
살아 있다는 느낌이 별로 없었다
그때부터 벌써 죽어가고 있었던 걸까?
뚜 하고 멍청한 소리로 기적이 울렸다

새 떼가 배 위에서 원형을 이루면서 춤춘다

그들은 아직 고이 잠들지 못하는 영혼이다
옛날에 그런 이야기를 읽었다
새가 되어버리면
먼저 죽은 친척이나 친구들과 이야기도 못 하잖아
아니면 여기서 사람의 말은 쓸모가 없나

걱정할 필요는 없었다
한 마리가 하늘에서 나를 불렀다
소리는 들리지 않지만 마음이 울려든다
다섯 살 때 죽은 동갑내기 이웃집 여자아이이다
"엄마 아직 안 와
여기 꽃들은 전혀 안 죽어"

이것저것 물어보고 싶은데
상대방이 다섯 살 때 그대로라 곤란하다
이 배는 어디로 가? 라고 해도
만날 뭐 해? 라고 해도

밤에는 별이 보여? 라고 해도
'몰라' 하는 마음이 어렴풋이 전해질 뿐

뒤늦게 공연히 슬퍼지기 시작했다
몸부림치는 슬픔이 아니다
좋아하는 사람이나 물건과 헤어졌을 텐데
죽기 전까지는 괴롭고 힘겹던 단단한 응어리가
지금 차차 풀리고 있다
이게 끝인지 시작인지

향기 좋다 잊을 수 없는 향기가
마음속에 곧장 들어온다
예전에 바이올리니스트인 애인이 있었다
끝난 후에 눈앞에서 연주해주었다 알몸으로
가늘게 구부러지는 바이올린 소리와 그녀의 향기가
한데 섞여 피부에 스며들었다

까닭도 모르게 그때
나에게는 몸만이 아니라 영혼도 있음을 느꼈다
돌연 스크루가 역전하는 소리와 함께 배가 멈추었다
어디선가 사람들이 우르르 들어왔다
다 먼지투성이의 야전복 차림이다
아직 수류탄을 손에 든 놈까지 있다

한 놈이 느닷없이 웃으면서 묻는다
우리 죽은 겁니까?
왠지 바람이 몸속을 부는 것처럼 시원해요
그러면서 동료들과 농담을 주고받는데
그 웃음소리를 어머니 자궁 속에서 들은 것 같다
짙은 안개가 소용돌이치고 배는 다시 덜거덕거리면서
　　움직이기 시작했다

이상하게도 그 배가 내려다보이더니
영화의 한 장면처럼 오버랩해서 얼굴이 되었다

창백하고 다박수염이 난 내 얼굴이다
거울에서 눈에 익은 얼굴인데 암만해도 남 같다
보고 있는 나도 진짜 나인지 분명치 않다
웃어넘기려고 하면 얼굴이 굳는다

내가 경험하는데도
남의 일 같은 이 느낌, 확실히 그전에도 있었다
고등학생 때 죽으려고 학교 옥상에 서 있었다
한 걸음만 앞으로 가면 나를 지워버릴 수 있다
그러나 정말 지울 수 있을까?
내가 만화의 조연처럼 느껴져서 계단을 내렸다

술을 마시면서 그런 것을 토론한 적도 있었다
다들 젊어서 죽음은 아직 농담 같았다
몸이 없어진 다음에 남는 '나'란 뭐냐?
미와三輪가 말하자 오쿠무라奥村가 의식이라고 대답하고
쇼지庄司가 뇌가 없어지면 의식도 없겠지라고 말하고

데이鄭가 어쨌든 죽으면 알 거라고 말했다

갑자기 무엇인가가 나를 갑판 위에서 빨아냈다
그러고는 가슴이 죄어드는 것처럼 아팠다
강렬한 빛에 눈이 아찔했다 병원의 하얀 침대 위다
"여보, 여보!" 또 마누라다
내버려두라고 하고 싶은데 목소리가 나오지 않는다
그래도 싸구려 향수 냄새는 무척 반갑다

내가 숨을 쉬고 있음을 알았다
조금 전까지 아프지도 괴롭지도 않았는데
염라대왕에게 시달리는 것처럼
온몸이 비명을 내지른다
다시 몸속으로 돌아와버렸나
기쁜지 괴로운지 모르겠다

멀리서 희미한 소리가 들려왔다

소리가 산맥 능선 따라 느릿하게 흐르더니
누군가가 부친 소식처럼 여기까지 온다
심한 아픔 속에 음악이 물처럼 흘러온다
어릴 때 늘 들었던 것 같기도 하고
지금 처음 듣는 것 같기도 하다

아아 너무 미안했다
아무 맥락 없이 간절한 마음이 회오리바람처럼 생겼다
누구한테 무엇을 한 것이 기억난 게 아니지만
그저 몹시 사과하고 싶었다
사과하지 않으면 죽지 못함을 알았다
어떡하면 되는지 방법을 생각해야겠다

선율이 보이지 않는 실처럼 꿰매어 잇는 게
이승과 저승일까
여기가 어딘지 이제 모르겠다
어느덧 아픔이 가시고 외로움만이 남았다

여기서 어디로 갈 수 있는지 없는지
음악에 의지하면서 걸어갈 수밖에

# 시간

時

《미래의아이ミライノコドモ》(2013)에서

긴 복도의 벽에 걸린 검은 구식 전화기
전화선은 거기서 지붕밑을 지나 처마 끝의 애자碍子로
그리고 자갈길에 선 전봇대로 통하고 있었다
그 사람의 흐느낌은 바다를 건너
황무지를 가로지르고 국경을 넘어 나에게 닿았다

이야기는 그때 이미 끝났던 것이다
후회의 괴로움은 대본에 없는데
그 사람이 있던 새너토리엄의
넓은 잔디와 바다로 이어지는 솔밭은
이야기를 버려두고 간 시 속의 풍경

희미해지는 뽀얀 젖가슴의 추억과 함께
지금 나는 마음속에서 그곳에 우두커니 서 있다
그 사람의 낮은 웃음소리가 들리고
나란히 앉아 바라본 저녁노을이 보인다
서투른 무성영화의 한 토막처럼

이야기에는 끝이 있어도 시는 끝나지 않는다
시 속에서 얼어붙은 순간을
'가면을 쓴 영원'이라 부르면서
그 사람은 닳은 노트 한 권을
유실물처럼 나에게 남겼다

# 2페이지 둘째 줄부터

二頁二行目から

《미래의아이ミライノコドモ》(2013)에서

2페이지 둘째 줄부터 시는 망가지기 시작했다
먼저 고유명사가 물에 잠기고
형용사가 썩고
조사가 흐슬부슬 떨어지고
접속사에는 곰팡이가 많이 피었다

사태는 그것으로 그치지 않고
시인에게까지 미쳤다
느닷없이 의자 다리가 부러졌으며
이어서 키보드가 녹아버린 데다
머리칼도 타올랐다

아내는 그것을 보자마자 집을 나가고
맏아들의 야뇨증이 재발했다
맏딸은 입을 다물고
이름이 다로太郎인 개가 에스페란토로 짖기 시작했다
애마 '라이프'의 내비게이션도 고장났다

뜻밖의 일로 흥분해서 그런지
3페이지 셋째 줄에서 시는 돌연 회복됐다
현실과의 정합을 거부하고
언어의 아나키즘에 가담해서
시는 페이지로부터 망명했다

그후의 전말은 밝혀지지 않고 있다
활자이기를 포기한 시는 목소리로 퍼지고
수컷 시를 암컷 자석으로 포착하려는 시도도
문부과학성에 의해 금지되고
시단은 드디어 국어사전 속으로 은퇴했다

# 강가의 돌멩이

河原の小石

《미래의아이ミライノコドモ》(2013)에서

저는 어제 물소리를 들었어요
졸 졸 졸 졸
저는 오늘 물소리를 들어요
졸 졸 졸 졸
저는 내일도 물소리를 들을 거예요
졸 졸 졸 졸
몇 만 년 동안 같은 소리를 듣고 있으니
오죽이나 지루하겠냐고 사람들이 말하지만
그렇지는 않아요
돌멩이인 저는 날마다 세계를 느끼고 있는데
다만 그것을 말로 표현하지 않는 것뿐이에요
왜냐하면 저에게는 언어가 없으니까
저는 항상 여기에 있을 뿐
아무것도 표현하지 않고, 가만히
무엇이 들려도 말이 안 돼요
무엇이 보여도 말이 안 돼요
여기 쓰이는 말은

침묵을 두려워하는 누군가가
저의 말없음을 번역하고 있는 거지요
아, 내 위에 배추흰나비가 앉았네
미미하지만 무게가 느껴져요
나비도 물소리를 듣고 있어요
돌멩이와 나비 사이에는 유대가 있어요
마음의 유대가 아니라 물질의 유대가
그래서 존재하기만 하면 돼요
말없이 존재하기만 하면 세계는 가득 차요
사람이 있어도 없어도
졸 졸 졸 졸

# 미래의아이

ミライノコドモ

《미래의아이ミライノコドモ》(2013)에서

오늘은어제의미래
내일은오늘보는꿈
누군가가푸른하늘을약속하고있다
초록빛들판도약속하고있다
이제부터태어날노래에맞추어서

*

미래의아이가
아버지를꾸짖는다
미래의아이가
어머니를달랜다

시가지를넘어
밭을넘어
언덕을넘어
호수를넘어서
지평선저쪽에서
미래의아이는한발한발깡총깡총뛰어왔다

무엇이좋아?

무엇이싫어?

어디서온거야?

뭘물어도

미래의아이는미소지을뿐

나무그늘에앉아보이지않는것을보는

그네를타며들리지않는소리를듣는

미래의아이머리위를

안녕히가세요와안녕하세요가

나비처럼훨훨날고있다

# 산문

散文

# 자서전적 단편

自伝風の断片

《다니카와 슌타로 시집 谷川俊太郎詩集》(1968)에서

**최초의 날짜** 最初の日付

탄생, 1931년 12월 15일. 스스로 택한 것도 아니고 또 정확한지
확인할 수도 없는 이 날짜에, 그래도 불평은 없다.
오히려 마음에 드는 편이다. 베토벤과 같은 생일이기
때문이다(베토벤 생일에 관해서는 12월 16일설, 17일설도
있지만 말할 나위도 없이 이것들은 너무나 학문적인
오류에 지나지 않는다).
태어난 장소는 도쿄 시나노마치에 있는 게이오 병원이다.
아버지는 어머니의 해산을 기다리면서 병원 복도에서
요요를 했다고 한다. 나는 제왕절개로 태어났다.
제왕절개로 태어난 아이는 똑똑하지만 인내심이
모자라다는 속설이 있는데 충분히 믿을 만하다. 게다가
나는 어릴 때 심장판막증이었다. 그래서 단거리 달리기는
선수였지만 마라톤은 전혀 못 했다. 지금도 대하소설이나
장편서사시 같은 것을 집필하려는 야심은 가지지 못한다.
판막증은 그후 어중간하게 나은 것 같지만.

**외할아버지** 祖父

외할아버지가 첫 손자를 원하지 않았더라면 나는 이 세상에 존재하지 못했을지도 모른다. 부모님은 아기 따위는 필요 없다고 생각하셨던 것 같고, 나를 가졌을 때도 처음에는 낳을 생각이 없으셨다고 한다. 그런데 태어나자마자 어머니는 아기에게 빠졌다. 너무 귀하게 기르는 나머지 2월에도 난방 탓에 땀띠가 난 아기를 보고 의사가 웃었다.

내 생명의 은인인 외할아버지는 정우회政友会의 국회의원 등을 지내신 분인데, 수상한 발명품에 투자를 하고 자주 속으셨다. 교토 부 시타요도 정에 요도 성 바깥 해자로 둘러싸인 커다란 저택이 있었다. 그 집 복도에는 경사진 부분이 한 군데 있었는데 그곳을 지날 때마다 나는 왠지 희미한 불안을 느꼈다.

그 집에는 또 두꺼운 흙벽으로 된 광이 두 개 있었다. 어린 나는 광의 무거운 문을 힘껏 여는 게 재미있었다. 쥐가 못 들어오게 하기 위해 입구에 설치된 판자를 넘어 안에 들어가보면 큰 등의자가 천장에 매달려 있었다.

패전한 해 여름부터 그다음 해 가을까지 나는 어머니와 함께
그 집에 피난해 있었다. 후에 집도 땅도 남의 손으로
넘어가 지금은 아파트가 그 자리에 서 있다.

### 아침 朝

아침 일찍 나는 마당에 서 있다. 잔디 위에 이슬이 내렸다.
이웃집 대지 끝에 있는 큰 아카시나무 뒤쪽에서 해가 뜬다.
그때 내 마음에 지금까지 없었던 무엇인가가 생겨난다.
좋아한다, 싫어한다. 기분이 좋다, 나쁘다. 기쁘다, 슬프다.
무섭다, 무섭지 않다 - 여태껏 겪어온 그러한 심리
상태와는 전혀 다른 새로운 것, 더 큰 것, 그때는 그 이름을
몰랐지만 아마 '시'라고 부를 수 있을 것. 그날의 감동을
나는 초등학교 다니는 소년답게 간단한 일기로 적는다.
"오늘, 난생처음 아침이 아름답다고 느꼈다."

**과거** 過去

생각하는 것도 싫은 과거는 나에게 없다. 그때 그렇게 하면 좋았다는 후회도 없다. 후회하지 않도록 노력하면서 살아온 게 아니라 또 어떤 잘못도 뉘우치지 않겠다는 강한 의지가 있는 것도 아니다. 나는 다만 후회라는 형태로 과거를 생각하지 못하는 것 같다.

나에게 있어 과거는 내 배후에 늘어난 도로 같은 것이 아니다. 과거는 더 공간적으로 얽히면서 펴져 있다. 그러므로 날짜나 연대순으로 과거를 정리하는 일은 서투르다. 끝나버리면 아무것도 남지 않으니까. 나는 내가 지금도 유년시절에 붙잡혀 있음을 종종 느낀다.

즐겁게 회상할 수 있는 과거도 나는 거의 없는 것 같다. 어릴 때 피터팬을 동경해서 영원히 어린아이로 있고 싶었던 적은 있지만 지금 어린 시절로 되돌아가고 싶은 마음은 티끌만큼도 없다. 피터팬을 동경한 것은 사춘기에 가까워진 나의 육체가 한때 몹시 추하게 느껴졌기 때문이며 내 뜻대로 살 수 없었던 청소년기는 오히려

고통이 많았던 것 같다.

외아들로 태어나 어머니에게 응석부리면서 자란 나는 어릴 때 어머니를 잃는 것이 무엇보다도 무서웠다. 어머니가 늦게 귀가하는 날에는 혼자 벽을 보고 훌쩍훌쩍 울면서 어머니의 죽음을 거듭 상상하면서 그것을 견디어낼 수 있게 스스로 훈련했다. 어머니와의 유대가 너무 강했기 때문에 청년기에 접어들어 정신적으로 어머니에게서 독립했을 때 나는 내가 혼자 살 수 있는 것처럼 착각하고 있었다.

지금도 내 마음속 어딘가에, 혼자 살 수 있다, 혼자 살 수밖에 없다는 감각이 남아 있는 것 같다. 그것은 어떤 면에서 내 강인함으로 나타나기도 하지만 지금 나는 그것이 이기주의와 결부되어 있다는 사실이 더 중대하게 느껴진다.

# 시인문답

詩人問答

〈쇼쿠겐職研〉(1979년 겨울호), 《시를 읽다詩を読む》(2006)

**1**

**자네는 항간에 '시인' 소리를 듣는 것 같은데, 도대체 시인이 직업이라 할 수 있을까?**

여관 같은 곳에 묵을 때, 나는 '저술업'이라고 적어. 시인이라고 쓰기가 어려워서. 세금을 신고할 때는 '문필업'이지. 여권에는 아마 'writer'로 되어 있고 'poet'는 아닐 거야.

**그것은 자신의 의지로 그렇게 쓰는 건가?**

절반은 내 의지, 절반은 세상 사람들의 관습이라 할까. 즉 내 안에서도, 세상 사람들 사이에서도, 시인은 직업이 아니라는 어떤 암묵의 합의 같은 게 있는 것 같아.

**하지만 소위 직함이라 할까, 일본에서는 글을 쓸 때도 필자 이름에 뭔가 붙여야 할 때가 있잖아. 그럴 때는 역시 시인이라고 쓰는 거지?**

바라든 바라지 않든 간에 그렇게 돼. 직함은 시인으로 하면 되겠습니까? 하고 확인하는 경우도 있어. 나 스스로는 그런 직함에 거부감을 느끼니 좀 더 괜찮은 호칭이 없을까 하고 생각하지만 찾지 못하네.

**왜 저술업이나 문필업으로 하면 안 되는 거야?**

너무나 직접적이라고 할까. 직함이라는 것은 견장처럼 그 사람을 조금은 장식할 수 있어야 하는 거지. 농사꾼이 농민이 되고 파출부가 가사도우미가 되는 것처럼. 저술업도 작가나 시인이라고 하면 더 그럴듯해 보이나? 일본사람들은 원래 너무 직접적인 표현을 꺼리는 섬세한 면이 있기도 하고.

**그렇다면 시인이라는 호칭에는 그렇게 불린 사람의 이미지를 높이는 무엇인가가 있다는 말인가?**

그것에는 양면이 있을 거야. 수상한 느낌과, 어딘지 신비스럽고 고귀한 느낌이. 시집 한 권 낸 적이 없는 무명의 젊은이가, 나는 시인이라고 하면 모두에게 비웃음을 사겠지. 하지만 돈은 대학교수로 벌면서 시도 쓴다면 교수보다 시인이라고 하는 게 멋있다고 생각하는 사람도 있을 거야. 시인이라는 말이 가지는 이런 모순된 내용은 둘 다 진실이라고 생각해.

**자네는 자기소개할 때 직업은 어떻게 해? 시인입니다, 라고 하는 거야?**

스스로 나를 시인이라고 부르는 것은 아무래도 거부감이 있어. 그래서 대개의 경우 시를 쓰고 있습니다, 라는 식으로 말하게 돼. 사실 이것도 아직 좀 찜찜해. 내가 쓰는 게 시가 맞는지도 의심스러워서.

**그럼, 시를 쓴다고 해도 다 시인이라고는 말할 수 없다는 건가?**

아니, 진짜 시라고 할 만한 것을 쓸 수 있다면 시인이라고 해도 될 거야. 그러나 '시'라는 말은 단순히 문학의 한 형식만 가리키는 것이 아니라, 거기에는 가치판단이 포함되어 있어. 예를 들면 그 그림에는 시가 있다, 그런 시는 시가 아니다. '시'라는 말을, 우리는 이런 식으로 쓰지. 그러니까 내가 쓴 것을 스스로 '시'라고 단언하는 것은 일종의 자만이지. 시인을 자칭하는 것도 마찬가지고.

## 2

**하지만 예를 들어, 잡지사 같은 데서 원고를 청탁받을 때는 시 한 편 써주십시오, 그렇게 되는 거지? 그 청탁을 받고 쓴다면, 이것은 시인지 아닌지 모르겠습니다, 라고 하지는 못할 것 같은데? 원고료를 받는 이상, 글쓰기도 하나의 상거래이며 시도 역시 상품이야. 그것에 수반하는 책임이 있지 않겠어?**

확실히 그런 면이 있지. 나는 한때 감히 시인을 자칭해야겠다고 생각한 적이 있었어. 시인이라는 존재를 기술자나 판매업자와 같은 선상에 두려고 한 거야. 현대사회에 있어 시의 위상, 시인의 존재의의를 그런 식으로 파악하는 것도 한편으로 필요하다는 생각은 지금도 변함이 없어.

**그렇지만 그것만으로 시나 시인을 다 파악할 수는 없고……**

맞아. 세상 사람들은 시 따위 아무런 금전적 가치도 없는 시시한 것이라고 생각하거나, 아니면 돈으로 계산할 수 없는 고귀한 것으로 보거나 둘 중의 하나야. 하긴 요즘은 광고 카피에도 쓰이고, 저작권도 잘 확립되어서 일단 사회적으로 공인된 시인이나 시 작품에는 왠지 그에 걸맞은 가격이 있는 것처럼 보일 때도 있지. 그러나 적어도 시에는 정가도 없고 바겐세일도 없어.

**원고료는 어떻게 정해?**

각양각색이야. 얼마만큼 주지 않으면 못 쓰겠다고 말하고 싶어도 원고료를 산정하는 기준이 전혀 없어. 무릇 재료가 만인의 공유물인 언어이고 또 그것을 가공하는 데에도 연필과 종이만 있으면 그만이다 보니, 결국 그것을 쓰는 사람이 사회에서 받는 평가에 따라서 결정돼. 그런데 돈이 없으면 어쩔 수 없으니 동인지 같은 경우 원고료는 아예 없다고 각오해두는 게 좋아. 똑같은 시에, 광고잡지 같은 데서는 십만 엔 줄 때도 있는데. 그러니까 시는 역시 본래 공짜인 거지.

**시만 써서 먹고살 수 있나?**

못 살지. 유행가 작사가라면 모르겠지만. 이건 우스갯소린데, 화가, 작곡가, 작사가, 작가는 집을 짓고 시인은 못 짓다는 말이 있어.

### 3

**시인도 아마추어와 프로페셔널이 있다던데.**

나는 그런 구별이 없다고 생각해. 원고료 받는 사람이 프로이고 못 받는 사람이 아마추어라고 해도 우수한 시가 꼭 돈이 되는 게 아니니까. 프로와 아마를 구별하는 기술적 수준 같은 것도 있는지 없는지 무척 막연해. 오히려 그런 구별이 시를 작은 시장에 가두어버릴 우려가 있어. 그 시대의 그 사회의 더 많은 독자가 좋아하는 시를 쓴다는 것만으로 시인을 평가해서는 안 되지. 시인은 원래 비실용세계에 사는데, 실용세계에 편입시키려고 해도 그러지 못하는 부분이 있을 거야. 그 부분이 시의 재미이기도 하고 무서운 점이기도 할 거야.

**요즘 시집이 잘 나간대?**

사람들이 생활에 여유가 생겨서 시를 읽게 된 건가? 넓은 의미에서 시적인 것이 인기는 있어. 액세서리나 광고 같은 것도 포함해서 말이야. 하지만 시는 시적인 것과 서로 맞지 않는 면이 있거든. 시집은 확실히 상품이지만 그것은 그릇에 지나지 않아. 그 중심이 되는 시에는 가격도 없고 무엇보다 종잡을 수 없는 자유로움이 있어.

**재미있는 얘기를 해줄까? 《직업사전》에 '문예작가'라는 항목이 있고 '소설, 희곡, 시 등을 창작하고 단행본으로 간행하거나 잡지, 신문에 발표한다'고 정의되어 있는데, 그 분류에 작사가, 작가, 아동문예작가, 소설가, 저술업은 있고, 시인은 없어.**

과연, 그러면 시를 써서 원고료를 받으면 직업은 사기꾼이 되겠네?

**아니, 그것도 《직업사전》에 없지.**

# 연애는 야단스럽다

恋は大袈裟

《연가1 恋歌1》(1985), 《혼자 살기ひとり暮らし》(2001)

맨 처음 나는 어머니 몸속에 있었다. 내 몸과 어머니 몸은
융합되어 있었다. 아마 그 쾌적함은 지금도 지울 수
없는 의식 저변의 기억으로 내 안에 남아 있을 것이다.
나는 어머니 몸을 벗어나 나만의 몸을 가졌지만 그 몸은
자칫하면 어머니 몸속으로 돌아가고 싶어했다. 나는
어머니에게 응석을 부렸다.
어머니는 한 사람의 인간임과 동시에 자연 그 자체이기도 했다.
햇빛에 반짝이는 완만한 언덕을 볼 때, 비린내나는 바나에
들어갈 때, 살갗 솜털에 실바람을 느낄 때, 맨발로 진창을
휘저을 때, 나는 충족되지 못하는 동경과 목마름, 무서움과
친숙함이 뒤섞인 감정으로 쾌락과 고통을 동시에
맛보았다.
어머니와 한몸이 되고 싶은 욕망은 자연으로 돌아가고 싶은
욕망과 구별되지 않았다.
하지만 이윽고 어머니는 끝없는 자연이 아니라 죽을 수밖에
없는 한 사람의 인간으로서 내 앞을 가로막기 시작한다.
그것은 나에게 인간사회의 관습을 가르치고 자연의

질서와 다른, 인간의 질서 속에 나를 편입하려고 한다. 나는 저항하고 억압하고 받아들인다. 내 몸이 어머니 몸에서 나온 것처럼 내 마음도 어머니 마음을 떠나기 시작한다. 그리고 나는 어머니를 대신하는 존재를 찾는다.

연애는 내 몸이 또 하나의 몸을 만나는 것이다. 자연과 달리 인간은 몸만 있는 게 아니니, 몸이라 해도 그 속에 깃들어 있는 마음을 무시할 수 없는 것은 물론이다. 그러나 몸과 마음은 말로 구별될 뿐, 본래 하나다. 하지만 또 각자의 독자적인 마음은 인간만이 가지는 것이며, 그 마음을 지배하고 또 그것에 지배당하는, 사람들 모두가 다 가지는 몸은, 인간을 초월한 자연에 속한다. 그 모순을 사는 게 인간이다.

마음과 몸의 모순된 관계는 인간과 자연의 모순된 관계에서 생겼다. 모순을 사는 것으로 조화를 이루려는 욕구도 양자에 공통된다면 연애도 역시 인간끼리의 싸움이기도 하고 인간과 자연 간의 싸움이기도 하다. 거기서 평화를 유지하는 게 얼마나 어려운지는 누구나 잘 알고 있다.

연애는 싫든 좋든 자신을 타인과 관여하게 하지만 내 배후에도 타인의 배후에도 인간을 초월한 자연이 숨어 있다. 사랑하는 사람은 늘 상대방 저편에, 그 사람을 초월한 무엇인가를 느낀다. 그 깊이가 눈을 멀게 한다. 그러나 그 눈은 평소 못 보는 것을 보고 세계가 새로운 문맥으로 살아난다. 그 고조高潮가 산문보다 시에 맞는 것은 당연한 일이다.

어머니를 떠난 내 몸/마음이, 어머니가 아닌 또 하나의 몸/마음을 알게 된 게 언제쯤이었을까. 정체를 알 수 없는 욕망이 한편으로는 나를 세계미술전집에 실린 대리석의 나체 사진이나 소꿉동무와의 '병원 놀이'에 향하게 하고, 다른 한편으로는 누구의 얼굴도 아닌 한 초등학교 동급생 여자아이의 얼굴을 쳐다보게 만들었다. 사랑은 성에 뒷받침되어 있으면서도 성을 넘으려고 했다.

연애란, 마음과 몸을 다 포함한 인간의 가장 깊은 곳에 있는, 우주와 일체가 되고 싶은 욕망의 발로인가. 그렇다면 몸의 욕망이 그대로 종교로 이어진다고 해도 이상하지 않다. 나를 매료한 얼굴에서 내가 보고 있었던 것이 바로 '시'였을지도 모른다. 그 얼굴이 어떤 경우에는 마음과 전혀 다르다는 사실을 알기까지는 오래 걸렸지만.

눈이 얼굴을 만난다. 몸이 몸을 만난다. 마음이 마음을 만난다. 말로는 세 가지 만남처럼 보여도, 사실은 하나다. 현세에서 손으로 만질 수 있는 것은 몸밖에 없지만 언어를 가진 인간의 마음은, 이 세상에 없는 것까지 일상 속에 생생히 그려낸다. 사람은 타자의 몸/마음을 매개로 해서 자신의 죽음을 넘어 우주를 사모할 수 있다. 아무리 세련된 연애심리도 그 깊은 곳에는 사나운 자연이 숨어 있음을 잊어서는 안 된다.

내가 처음 쓴 연애시 중에 '(…) 나는 사람을 부른다/그러자 세계가 뒤돌아본다/그리고 내가 없어진다'라는 구절이 있다. 다른 어떤 인간관계보다 연애는 이기주의를 드러내지만 동시에 그것은 사람을 개인을 넘은 무한한 세계로 데려가준다. 그 기쁨과 의지가지없음에 연애의 묘미가 있다. 사람은 경험을 통해, 그리고 상상력을 최대한 발휘하면서 그것을 언어로 표현해왔다.

하나의 몸/마음은 또 하나의 몸/마음 없이는 살아가지 못한다.

그 번거로움을 견디지 못해서 예부터 많은 사람이 황야로
도망치고 절로 숨었지만 다행히 그런 노력이 인류를
근절시킬 만한 힘은 없었다.

연애는 야단스러운 것이지만 아무도 그것을 비웃지 못한다.

# 장례식에 대하여

葬式考

《엄마의 친구母の友》(1994) 《혼자 살기ひとり暮らし》(2001)

장례식에 참석하는 것은 싫지 않다. 결혼식보다 훨씬 낫다.
　요즘은 재미있는 조사가 별로 없지만 결혼식 축사에
　비하면 조사가 그래도 덜 지루하다. 조사는 경사스러운
　말을 안 해도 되기 때문일 것이다. 거의 가지 않아서 잘
　모르지만 상상컨대 결혼식에는 미래가 으레 따라다니게
　마련이다. 참석자는 눈앞에 젊은 두 사람의 미래를
　상상하지 않을 수가 없다.
땅값이 이렇게나 무서운 시대에 어떤 아파트에 살 것인가,
　애를 가진다면 앞으로 한참동안 학비 때문에 고생이
　많겠다, 등교거부나 청소년범죄도 걱정해야 할 것이다,
　부부 사이가 나빠져서 이혼하게 되면 얼마나 힘들까,
　노후 계획은 괜찮은가 등, 요컨대 경사스러운 두 사람을
　축복하려고 하면 할수록 걱정거리가 샘솟는 것이다.
미래가 밝지 않음을 알면서도 장밋빛 미래를 믿는 얼굴로
　차가운 이세 새우를 먹으며 미소와 함께 축복의 말을
　건네야 하니 결혼식에 가는 것은 괴롭지 않을 수 없다.
　그것에 비하면 장례식에는 미래 따위 없으니 아무것도

걱정할 필요가 없다. 미래를 생각해서 우울해질 일도 없다. 미래를 생각해봤자 기껏해야 죽은 사람이 갔을 사후세계란 어떤 곳인가 하는 정도인데, 이렇다 할 정답이 없으니 마음이 무척 편하다.

다만 한 가지 유감스러운 것은 요즘 선향의 웅숭깊은 향기가 없는 장례식이 많다는 것이다. 선향의 향기가 없다는 것은, 졸음을 부르는 편안한 독경 소리도 없다는 뜻인데, 이 두 가지가 없으면 장례식의 매력은 절반으로 깎인다.

최근의 장례식은 흰색투성이다. 마치 점잔 부리는 프랑스식당에 들어간 기분이다. 대개의 경우 흰색을 배경으로 고인의 큰 사진이 놓여 있고 그 앞에 흰 천으로 덮은 긴 테이블이 가로놓여 있다. 주변에는 흰색 국화꽃이 넘치고 참렬자들은 분향하는 대신 역시 흰 국화꽃을 하나씩 고인의 사진 앞에 올리게 되어 있다.

절에서 하는 장례식은 금색, 빨간색, 녹색 등 화려한 색채가 많아 어쩌면 저승에는 정말 극락이라는 곳이 있어서 죽은 사람들은 이제 미래에 대한 걱정 없이 태평스럽게 지내고 있는 게 아닐까 하고 상상할 수도 있지만, 흰색투성이인 데다가 서양사람이 작곡한 진혼곡이 배경음악으로 흐르면 그렇게 잘 안 된다. 고인은 종교가 없다고 했었는데 그것은 거짓이고 사실 숨은 천주교도가 아니었을까 엉뚱한 생각을 하게 된다.

흰 국화꽃을 올리는 것은 괜찮지만 그때 누구를 보고 절을 할지 몰라서 망설이고 만다. 눈앞에 고인의 사진이 있으니 절하면 암만해도 고인과 시선을 마주치게 된다. 결국 고인에게 작별인사를 하게 되는데, 나로서는 하느님이든 부처님이든 고인이 아닌 다른 누군가에게, 고인을 잘 돌봐주십시오 하고 머리를 숙이고 싶은 심정이니, 좀 불안한 것이다.

흰 장례식장은 병실처럼 깨끗하고 밝아서 병원에 문병을 온 것 같은 기분이 든다. 선향의 연기로 거무데데해진 어둑한 봉당 밑에 눈을 절반쯤 감은 금불상이 있으면 죽음이 신비스럽고 심오하게 느껴지지만, 스포트라이트로 비추어진 고인의 사진을 보면 어느덧 고인이 가깝게 느껴져서 조사도 부질없는 회고담을 하게 된다.

요컨대 죽은 사람을 되도록 죽음에서 멀리하려는 게 요즘 장례식의 스타일이라, 언제 나도 거기 가서 같이 한잔하고 싶지만 지금 당장은 못 가니까 좀 기다려달라는 등의 느슨한 조사까지 나온다. 아무리 무간하다고 해도 그렇게까지 무간한 태도를 취하면 죽음에 대한 실례가 되지 않을까.

미래가 있는 것은 결혼식만으로 충분하다. 장례식까지 미래를 불러들이면 이승과 저승의 구별이 사라지고 만다. 적어도 장례식 때쯤은 이승의 시름을 잊어버리고 싶다.

# 노망든 어머니의 편지

惚けた母からの手紙

〈리테레르リテレール〉(1994년 겨울호), 《혼자 살기ひとり暮らし》(2001)

밖에서 일을 끝내고 집에 돌아오면 거의 밤마다 어머니에게 온 편지가 내 책상 위에 있었다. 편지라 해도 당시 내가 쓰던 원고지에다, 내 연필로 흐트러진 문자를 늘어놓은 메모 같은 것이다. 어중간히 끊겨 있는 경우도 적지 않았다. 써서 가져온 게 아니라 어머니가 이층에 있는 내 방에 (아마 술에 취해서) 휘청휘청 올라와서 쓴 것임이 확실했다. 노인성 치매가 진행되고 있어서 내용은 같은 말을 되풀이한 게 많았지만 어머니의 가장 깊은 곳에서 우러나온 마음이 거기에 담겨 있다는 사실은 의심의 여지가 없었다. 위로하고 달래고 싶어도 그 마음은 영혼에 생긴 암세포처럼 어머니를 들볶고 있어서 내가 어쩌다 쓰는 답장도 아무런 도움이 되지 못했던 것 같다.

**"몇 번 여기 와서 너에게 호소하려고 하는데 살 날이 얼마 남지 않은 어머니가 젊은 너를 불쾌하게 만드는 것도 괴로워서 그대로 가요. 그러나 한 가지만, 네 아버지가, 혹 오늘 밤에 하기 싫으면 아무것도 안 해도 돼. 가정부든 누구든 할 수 있는 일이잖아. 한마디로 나는**

언제 죽어도 상관없는 여자라는 사실을 확실히 알았어요. 나는 역시 슬프고 슬펐어요.

네 아버지는 밖에 여자가 있었을 때는 나를 동정하고 내 생각도 많이 해주고 상냥했지요. 하지만 자신이 꺼림칙한 일이 없을 때는 무척무척 차가운 태도예요.

무엇을 어떻게 하면 좋을지, 너의(편지는 여기서 중단되어 있었다)"

"나는 여기에 와서 네 일을 방해하고 싶은 마음은 전혀 없습니다. 지금 어두운 밤길을 산책하고 왔어요. 다른 집에도 나에게 일어난 것 같은 일이 있을까 하고 생각하면서 걸었는데 어느 집도 밝게 불이 켜 있고 왠지 즐거운 밤의 한때처럼 보였어요."

"오늘 밤도 여기 왔어요. 언니와 나를 한번 드라이브시켜준다니 즐거운 마음으로 기다리고 있어요. 오늘 나는 좀 어른이 된 것 같아요. 사람은 남자도 여자도 여하튼 혼자 살아가야 하는 존재라는 것을 좀 알게 된 것 같아요. 데쓰조徹三를 너무 대단하게 봐온 게 아닐까 싶어요. 나도 한 사람의 인간이라면 나름대로 어떻게 해야겠지요. 데쓰조에게 의지하면서 사는 게 아니라 자기자신으로 살아야 한다는 것을 깨달은 것 같아요."

어머니의 편지와 함께 아버지인 다니카와 데쓰조의 답장도 두세 통 간직하고 있다.

"12월 21일 오전 3시.

요즘 당신의 언동은 한심스러움을 넘어 슬프기까지 한다. 방금 본 당신의 편지도, 나에게 사랑받지 못하고 있음을 절실히 느꼈다고 하는데 말도 안 되는 소리다. 예나 지금이나 당신에 대한 내 사랑은 변함이 없다. 내가 세계에서 가장 사랑하는 사람이 당신이다. 그 사랑을 의심한다니.

내가 험악한 말을 하는 것은 일시적인 감정 때문이다. 내가 부탁한 일을 자주 잊어버리고 같은 말을 일 분 간격으로 열 번 이상 되풀이해서 들으면, 나도 사람이니까 그만 거친 말을 할 때도 있다. 내가 미숙한 사람인 탓도 있지만, 그것은 당신에 대한 사랑과는 다른 문제다. 그런데 내 사랑을 의심한다니, 본말전도도 너무했다. 나는 항상 일하고 있고 그 일을 방해당하는 것은 괴롭다. 그럴 때 짜증을 냈다 하더라도 그것은 당신에 대한 사랑과는 관계없는 일이다. (…)"

지금처럼 치매에 대한 지식이 보급되지 않았던 때라 아버지도
나도 어머니를 어째야 할지 몰랐는데 그것은 변명에
지나지 않는다. 나는 후회한다. 아버지도 나도 일보다 먼저
어머니를 생각했어야 했다. 말이 아니라 곁에 있으면서,
손을 잡고 볼을 만지면서 어머니를 안심시켜야 했는데.

다만, 어머니는 옛날부터 편지 쓰기를 좋아하는 사람이었다.
내 사춘기 때, 당시 베스트셀러였던《소년기少年期》심리학자
하타노 이소코波多野勤子가 1951년에 간행한 왕복서간집. 전쟁으로 시골에 소개한
어머니가 공부 때문에 도쿄에 남은 아들과 주고받은 편지를 묶은 책를 따라
가끔 나에게 편지를 주니까 좀 난처했다. 또 이것은 광고가
되지만 최근 나는《어머니의 연애편지》라는 책을 펴냈다.
양친이 결혼 전에 서로 주고받은 편지를 묶은 것인데,
늙은 후의 편지와 함께 그것을 다시 읽어보면 어머니가
시종일관 아버지에 대한 사랑으로 살아왔다는 사실이
절실히 느껴진다. 결혼 후 어머니는 아버지에게 배신당한
일이 몇 번 있었던 것 같은데, 노망든 후에도 그 기억이
어머니를 괴롭혔다. 그러나 여기에 공개하는 편지는

어머니의 수치가 아니고 오히려 자랑거리라고 나는 믿는다.

# 이십일 세기 첫째 날

二十一世紀最初の一日

〈광고비평広告批評〉(2001년1월호), 《혼자 살기ひとり暮らし》(2001)

이십일 세기 첫번째 날 아침, 하늘을 나는 소리개를 향해
소뼈를 던져주었다. 뼈는 헛되이 떨어져 내 왼쪽 발등을
때렸다. 아팠다. 푸른 하늘에 태양이 눈부셨다.
과학자는 진공도 비어 있지는 않다고 한다. 동시에 시간도
공간도 없는 '무'에 대해서도 말한다. 그런 것에 신경을
써봤자 소용없는 것 같기도 하지만 그런 것에 신경을 쓰는
게 재미있어죽겠다는 마음도 이해할 수 있다.
다른 사람은 몰라도 나에게 있어 이십 세기 최대의 사건은
내가 이 세상에 왔다는 사실일 것이다. 그래서 이십일 세기
최대의 사건은 내가 이 세상을 떠난다는 것이 되지 않을까.
밤에 해양심층수로 잘못 알고 냉장고에 있던 워커를 병째
마셔버렸다. 덕택에 꿈도 꾸지 않고 잘 잤다.

# 바람구멍을 뚫다

風穴をあける

〈아사히 신문 朝日新聞〉(2001.4.28.), 《바람구멍을 뚫다 風穴をあける》(2002)

이 세상에 시가 존재하지 않아도 살 수 있는 사람, 시를 단 한 번도 읽지 않고 인생을 보내는 사람, 그런 사람도 많이 있겠지요. 하지만 그런 사람도 문자로 쓰여진 시 작품이 아닌 '시'를, 모르는 사이에 접하고 있을 거예요. 예를 들어 아름다운 풍경을 봤을 때나 누구를 사랑했을 때, 좋아하는 음악을 들었을 때. 그럴 때 사람의 감정은 보통 일상생활에서 느끼는 희로애락과는 약간 다른, 높은 곳에 있는 게 아닐까요?

시를 읽는 즐거움의 하나는 삶을 일상과는 다른 관점으로 돌이켜보는 거예요. 그래서 시의 언어는 평상시에 말하고 읽고 쓰는 말, 즉 대화, 논문, 주간지 기사, 경제, 정치에서 쓰이는 말과는 좀 달라요. 그런 점이 시는 접근하기 어렵다고 느끼게 하는 원인의 하나일지도 몰라요.

흔히 시는 작자의 자기표현이라고 하고 메시지라고도 하지만, 그리고 그런 면이 확실히 있기는 하지만, 나는 오히려 시는 언어를 조립해서 정교하게 만든 공예품이라고 보고 싶어요. 시는 먼저 아름다운 물건이에요. 의미를 정확하게 전달하는 것만이 목적이라면 시는 산문을 이길 수 없어요. 멜로디나 리듬을 따지면 시는 음악을 못 당하고 이미지가 가지는 정보량에 관해서는 시는 영상의 적수가 못 돼요.

하지만 시는 그 모든 것을 종합할 수 있는 강점이 있어요. 그게 역시 언어의 힘이지요. 실제로는 존재하지 않는 것을 환상처럼 출현시킬 수 있는 힘. 마음의 가장 깊은 곳을 흔들 수 있는 힘. 그런 말은, 내가 보기에 의식에서는 안 나와요. 이론적으로 생각해도 안 되는, 언어가 없는 세계, 인간의 의식 밑에 있는 세계에서 나오는 거예요. 그런 점도 시를 어렵게 만드는 원인의 하나인 것 같아요.

그런데 한마디로 시라고 해도 여러 가지가 있어요. 거의 전자메일과 다름이 없어 보이는 구어체의 시, 말의 음의 재미를 살린 장난 같은 시, 속담이나 격언 같은 시, 일상적 현실에서 멀리 떨어진 추상화 같은 시. 어떤 종류의 시를, 그런 건 시가 아니라고 무시하는 사람도 있지만, 나는 시에는 크게 말해서, 산꼭대기를 향해 순수하게 상승하는 방향과, 산 기슭의 들판 쪽으로 확산시키는 방향, 두

가지가 있어도 된다고 생각해요. 물론 어느 쪽이든 잘 쓴 게 있고 못 쓴 게 있지만.

일본어로는 '詩'라는 한자를 '우타노래'라고도 읽고 단카短歌, 하이쿠俳句도 시의 일종이니 어떤 의미에서는 시란 무엇인지 파악하기가 더 어려운 것 같아요. 시는 세계 어디서도 본래 운문 즉 리듬 좋은 말로 지어졌어요. 사람의 감정을 고조시키는 게 시였어요. 지금 일본에서 운문은 단카, 하이쿠밖에 남아 있지 않고 메이지明治 이후의 시는 오히려 운문을 거부해왔기 때문에 시와 산문의 구별도 모호해졌어요. 하지만 시가 사람의 마음을 평상시와 좀 다른 곳으로 인도한다고는 지금도 말할 수 있을 거예요.

시는 산문과 같이 의미에 얽매여 있지만 통상적인 의미를 넘으려고 한다는 점에서 산문과 구별돼요. 그런 점에서는 오히려 음악이나 노래에 가깝고, 어떤 때는 그림에도 가까워요. 일상적인 감각으로는 무의미하게 느끼는 말이, 시를 생생하게 만들 수도 있어요.

시는 노래도 그림도 논리도 시시함도 포함되어 있어요. 그리고 말이 되지 않는 '시'는 우리 마음 깊은 곳에, 그리고 일상생활 곳곳에 숨어 있어요. 시는 지구에 있는 숱한 언어들의 차이를 초월해서 우리 의식에 바람구멍을 뚫어주는 것이라고 생각해요. 거기에 부는 바람은 이승과 저승을 잇는 바람일지도 몰라요.

## 《혼자 살기》 문고판 후기

『ひとり暮らし』文庫版へのあとがき

《혼자 살기ひとり暮らし》(2010), 《일시정지一時停止》(2012)

아침은 대체로 7시부터 8시 사이에 일어난다. 세수를 하고 두 가지 서플리먼트를 먹은 다음에 조간신문을 대충 훑어본다. 아래층에 내려가서 예전에 아버지 거실이었던, 융단이 깔린 방에서 단전호흡과 기공氣功을 섞은 건강체조로 삼십 분쯤 몸을 푼다. 직판으로 구입한 채소주스만 마시고 아침밥은 먹지 않는다.

그리고 하루가 시작되는데 시나 이런 글을 쓰기 위해 PC 앞에 앉아 있는 시간보다 배달된 우편물과 택배, 팩스, 전화 등에 응대하는 시간이 더 길다. 마치 그런 사무처리를 하는 틈틈이 기분전환을 겸해서 시를 쓰는 것 같은 형국이다.

나는 아침형도 저녁형도 아니고 마음 내키는 대로 수시로 일을 한다. 소설가처럼 긴 글을 쓰는 직업이 아니라서 컴퓨터 키보드를 치는 작업은 의외로 적은 편이다. 그것보다 시어나 아이디어가 떠오르는 순간을 멍하니 기다릴 때가 많은데, 남의 눈에는 게으름을 피우고 있는 것처럼 보일 것이다.

시를 써서 먹고사는 사람은 직장에 다니는 사람과는 전혀 다른 생활을 할 거라고 생각하는 이들이 적지 않은 모양이다.
나는 낭독회 같은 자리에서 청중한테 그런 질문을 받을
때마다, 일반적인 노인들과 다름이 없습니다, 하고
대답하지만 사람들은 그 대답이 마음에 안 드는 모양이다.
시인은 안개를 먹고산다고 생각하는지.

몇 년 전에 고혈압 진단을 받았다. 매일 약을 먹고 혈압을
재라는 의사의 말에 원래 기계를 좋아하는 나는
혈압계도 가정용과 휴대용 두 대를 구입해서 여행 가시도
아침저녁으로 혈압을 잿다. 하지만 어느 사이에 그것도 안
하게 되었다.

글쟁이에게는 정년이 없으니 퇴직할 시기는 스스로 정하거나
아니면 일이 없어지거나 둘 중 하나다. 다행히 나는
지금도 청탁이 많이 들어와 그만두기 아깝다. 늙을수록
자발적으로 무엇을 하려는 의욕이 떨어지지만 누구한테서
요청받으면 그게 일하는 원동력이 된다.

외아들로 태어나 형제들과 싸우는 경험 없이 어머니의 사랑을
독차지하면서 자란 나는 경쟁심이 부족하다. 이기고

짐으로 무엇을 평가하려는 마음도 가지지 못한다. 어릴 때부터 혼자 노는 것을 좋아해서 모형비행기를 만들고 진공관 라디오를 조립하는 등 손일을 즐겼으나 아버지를 닮아 손재주가 없는지 결국은 머리 쓰는 일을 하게 되었다.

나의 주된 일인 시를 쓰는 데에는 학자나 평론가하고는 다른 방식으로 머리를 쓸 필요가 있다. 뇌를 좌뇌와 우뇌로 나눈다면 시를 쓸 때 중요한 것은 좌뇌가 아니라 우뇌이기 때문이다. 학교도 제대로 다니지 않은 내가 그럭저럭 시를 쓰면서 먹고사는 것은 지식이나 교양에 의지하지 않고 시를 쓰는 법을 어느 사이에 터득했기 때문인지도 모르겠다.

그런데 일상생활에서는 우뇌보다 좌뇌가 더 유리하게 작용된다. 나는 시를 쓰기 시작한 십대 후반 때부터 이상하게 현실적인 면이 있어서 시보다 살림을 우선시했다. 시를 잘 쓰는 것보다 처자식을 부양하는 일이 더 중요했고 생계를 위한 일상적인 노력과 시 창작 사이에 모순이 있다고는 생각하지 않았다.

젊었을 때 나는 부모에게 얹혀살면서도 언젠가 원고료와 인세를 가지고 경제적인 독립을 이루고 말겠다는 꿈을 꾸었다. 그래서 들어오는 청탁은 닥치는 대로 다 맡아서 했더니 어느덧 자립해서 먹고살 수 있게 되었다. 생각건대 독자가 내 시를 사랑해준 것은, 추상적인 관념보다 구체적이고 일상적인 현실에 바탕을 둔 작품이 많기 때문일 것이다.

혼자 놀기를 좋아해서 그런지, 혼자 시를 쓰는 것도 싫지 않았다. 나는 동인지에 적을 두지 않은 채 시를 쓰기 시작했으며 소위 시단과는 거리를 두고 살았다. 내 친구 오오카 마코토大岡信는, 학교에 적응 못 하고 조직에 소속하기 싫어하는 나의 기질을 '이군성離群性'이라고 명명했다. 오오카에게는 일본시가의 특질을 논한《잔치와 고심宴と孤心》이라는 명저가 있는데, 나는 '연시連詩'처럼 동료들과 한데 모여서 시를 짓는 '잔치'도 좋지만 역시 혼자 컴퓨터 화면을 대하는 '고심'의 장이 기본이라 생각한다.

젊었을 때는 여자 한 명과 남자 한 명이 쌍을 이루는 게 인간사회의 기본 단위라고 믿고 있었는데 결혼과 이혼을 거듭한 지금은, 한 명의 개인이 기본 단위라는 쪽으로 생각이 기울고 있다. 또 사회도 좋든 나쁘든 그런 방향으로 가고 있는 것 같다. 그래도 독거노인은 남의 동정을 끌기 쉽다. "밤에 귀가하시면 불이 꺼져 있어서 외로우시겠어요"라는 식의 인사를 자주 받지만 나는 남에게 신경을 쓰지 않아도 되는 어둑한 내 집이 편하고 좋다.

저녁은 밖에서 먹을 때도 많다. 이제는 조식粗食이 체질에 맞아서 집에 있을 때는 채소를 쪄서 현미밥과 함께 먹는다. 식후는 망연히 텔레비전을 보게 된다. 케이블TV가 설치되어 있어서 미국 드라마 시리즈의 몇몇 등장인물은 낯익다.

잠자리에 드는 것은 12시부터 1시 사이. 잠은 잘 잔다. 꿈은 별로 꾸지 않고 설령 꿔도 금방 잊어버린다. 잠들기 직전에 시어가 떠올라 비몽사몽간에 가까이 있는 종이에 적을 때도 있다.

## 한국 독자에게

다니카와 슌타로 | 요시카와 나기

# 이웃 시인으로서

저는 해외에 나갈 때는 일본여권을 가져가고 또 일본에 세금을 납부하고 있습니다만, 국가로서의 일본에 대해서는 별로 친근한 느낌이 없습니다. 그런데 향토로서의 일본, 그리고 언어로서의 일본어와는 끊을래야 끊을 수 없는 짙은 혈연관계로 맺어져 있음을 자각하고 있습니다.

말할 것도 없이 한국과 일본 사이에는 국가간의 관계가 존재하고 거기서는 갖가지 문제들이, 과거 현재 미래에 걸쳐 생기고 있습니다. 그러나 관점을 바꿔서 문화로 눈을 돌려보면 그러한 문제들과는 다른 차원의, 훨씬 숙부드럽고 우아한 관계를 떠올릴 수 있습니다.

조선이 낳은 아름다운 것들을 열성적으로 일본에 소개한 야나기 무네요시柳宗悅를, 우리 아버지는 경애하셨고 저도 민화나 조선시대의 항아리 등 한국의 민예품을 어릴 때부터 가까이해왔습니다. 또 몇 년 전에 한국을 방문했을 때 저도 보자기를 기념품으로 사오기도 했으며,

한국요리는 막걸리와 함께 늘 즐겨 먹고 있습니다.

일본 현대시인 중에도 이바라기 노리코茨木のり子 씨, 아라카와 요지荒川洋治 씨 등 한국말을 배우고 한국시에 깊은 관심을 가진 사람이 적지 않습니다. 저도 김지하 씨나 류시화 씨의 시와, 그 작품을 낳은 그들의 삶에 감명을 받았습니다. 또 동세대 시인 신경림 씨와는 서울과 파주, 그리고 도쿄에서 친하게 이야기를 나누고 같이 대시對詩를 창작하기도 했습니다.

제가 시를 쓰기 시작했을 때가, 한국전쟁이 일어나던 시기와 겹칩니다. 열아홉 살이던 저는 이런 시를 쓴 적이 있습니다.

**장소는 다 지구 위의 어느 한 점이고**
**사람은 다 인류 중의 한 사람**

조금 유치한 이런 감각은, 반세기 지난 지금도 제 안에 살아 있습니다.

번역자인 요시카와 나기 씨를 비롯한 한일 양국의 여러분들의 열의와 배려 덕택에 제 시와 에세이를 이렇게 보여드릴 수 있게 되었습니다. 한국의 독자 여러분께서 저를 '이웃 시인'으로 맞아주시기를 바라 마지 않습니다.

다니카와 슌타로

# 시인에 대하여

시인 다니카와 슌타로에 대해서 어떻게 설명하면 될까.
　다니카와 슌타로 이외에도 내가 좋아하는 일본
　현대시인이 있지만 다니카와 슌타로는 그 어느 시인과도
　다른, 유일무이한 존재다. 시단도 아카데미즘의 세계와도
　떨어져 그는 홀로 우두커니 서 있다.
그의 작품을 사랑하는 독자층은 상당히 넓고 어린아이부터
　노인에 이르기까지 열렬한 팬들이 많다. 사인회에는
　언제나 긴 줄이 생기고 사인을 받고 눈물을 흘리는 독자도
　있다. 또 한편으로는 소수의 독자만을 상대로 난해한
　시를 쓰는 현대시인들도 다니카와 작품이 도달한 고도의
　경지에 대해 높은 평가를 하지 않을 수 없다.
예술을 사랑하는 양친 밑에서 외아들로 자란 다니카와 슌타로는
　학교를 싫어해서 고등학교만은 겨우 졸업했지만 대학교는
　가기 싫다고 우겼다. 노트에 적었던 작품들이 스물한 살 때
　첫 시집《이십억 광년의 고독》으로 묶여 간행되자마자 큰
　반향을 일으켰으며 이후 그는 시, 에세이, 각본, 동화 등 여러
　방면에서 활약해왔다. 영어권의 전승동요《마더구스의

노래》나 스누피가 등장하는 만화《피너츠》의 번역도 유명하다.

사생활에 관해서 말하면 그의 첫번째 결혼생활은 오래 계속되지 않았다. 두번째 결혼으로 아이가 태어났을 때, 그는 시를 씀으로써 많은 사람들에게 감동과 위로를 주고 그와 동시에 가족을 부양할 수 있는 직업시인이 되려고 맹렬히 노력했다. 1970년대에 들어 수입은 안정되기 시작했지만 어머니의 노망, 두번째 이혼, 양친의 서거 등 쓰린 일도 많았다. 격렬한 사랑으로 시작된 세번째 부인 사노 요코佐野洋子《백만 번 산 고양이》 등의 그림책 작가와의 생활도 사랑의 시집과 공동작업으로 만들어진 그림책 등을 낳았지만 결국 끝났다. 그후 우울한 '침묵의 십 년'을 거쳐 시집《미니멀minimal》(2002) 간행을 계기로 다니카와 슌타로는 다시 왕성한 창작활동을 시작했다.

그의 시세계는 무척 다양하고 또 작품 분량이 워낙 방대해서 뭐라 한마디로 말하기가 곤란하다. 시의 제재도 사회문제, 일본어의 음성적 재미를 살린 말장난, 언어예술의 가능성을 추구한 전위적 실험, 자신의 내면 깊은 곳에 숨어 있는 타자를 탐구하는 철학적인 작품 등 그때마다 탈바꿈한다. 장편 서사시가 있는가 하면 하이쿠 같이 아주 짧은 시도 있다. 세계 여러 나라의 시인들과 대화하고 '연시連詩'를 쓰기도 한다.

그의 시는 책 속에만 있는 것은 아니다. 그는 시를 더 넓은 공간으로 해방시키려는 노력도 꾸준히 해왔다. 티셔츠에 프린트하기 위해 쓴 시도 있는데, 그 상품설명에는 '시는 몸에 걸치는 것으로 더 가까운 존재가 됩니다'라고 쓰여 있다. 아들 다니카와 겐사쿠谷川賢作 작곡가이자 피아니스트 씨가 결성한 밴드 'Diva'의 연주를 반주 삼아 시를 낭독하고 노래도 한다. 시를 낭독한 시디도 물론 여러 개 있다. 2010년에는 프레파라트에 문자를 인쇄해서 현미경으로 읽는 시를 간행(?)했다. 2011년에는 스마트폰용 애플리케이션 '다니카와谷川'를 출시했는데, 이것은 계곡에 흐르는 강물(즉 다니카와)에 낚싯대를 넣고 시를 낚는 게임이다. 2012년부터는 달마다 시를 우편물로 구독자에게 배달하는 '포임 메일'을 시작했다. 이것들은 다 죽어가는 시를 살리기 위한 노력의 일환으로 발표매체의 새로운 가능성을 모색하는 작업이지만, 도대체 여든을 넘은 노인의 발상이 아니다. 시인 다니카와 슌타로는 마치 끝없이 새로운 장난거리를 탐하는 어린아이처럼 유연하다. 그런데 장난도 진지하게 친다.

*

겐사쿠 씨의 부인 메구미 씨는 시아버지를 '슌타로 상'이라고 부른다. 그럼, 겐사쿠 씨는 아버님을 어떻게 부르세요? 라고 물어봤더니, 역시 '슌타로 상'이라고 한다. 손자, 손녀는 그래도 '할아버지'라는 호칭도 쓰지만 공식적인 자리에서는 역시 '슌타로 상'이라고 한단다. 그러니까 가족이 아닌 우리도 이 고명한 시인 다니카와 슌타로 씨를 선생님이라고 부르면 안 된다. 절대로 그러지 말라고 한다. 겸손하기 때문이기보다 '선생님'이라는 호칭에 생리적 거부감이 있는 모양이다. 다니카와 상, 이라고 해야 한다.

그럼, 다니카와 상, 앞으로도 지구 곳곳을 다니면서 시를 퍼뜨려주세요.

요시카와 나기

**사과에 대한 고집**

**1판 1쇄 발행** 2015년 4월 24일 **1판 4쇄 발행** 2023년 1월 2일

**지은이** 다니카와 슌타로 **옮긴이** 요시카와 나기
**펴낸이** 고세규
**편집** 장선정 **디자인** 안희정
**마케팅** 이헌영 **홍보** 반재서

**발행처** 김영사
**주소** 경기도 파주시 문발로 197(문발동) 우편번호 10881
**등록** 1979년 5월 17일(제406-2003-036호)
**구입 문의 전화** 031)955-3100 **팩스** 031)955-3111
**편집부 전화** 02)3668-3295 **팩스** 02)745-4827 **전자우편** literature@gimmyoung.com
**비채 블로그** blog.naver.com/viche_books
**인스타그램** @drviche **트위터** @vichebook

**ISBN** 979-11-85014-82-1 03830 책값은 뒤표지에 있습니다.

비채는 김영사의 문학 브랜드입니다.